Era no tempo do rei

Ruy Castro

Era no tempo do rei
Um romance da chegada da Corte

3ª reimpressão

Copyright © 2007 by Ruy Castro

Capa
Hélio de Almeida
Thereza de Almeida

Imagem de capa
Le Verrou, Jean-Honoré Fragonard. Louvre/The Bridgeman Art Library/Getty Images

Mapa
Cida Calu

Revisão
Rodrigo Rosa de Azevedo
Rita Godoy
Sônia Peçanha

Agradecimentos: Patricia Telles (que me deu Bárbara dos Prazeres); Adriana Freire; Alberto Cohen; Bianca Guido de Castro; Fernando Pessoa Ferreira; Irmã Natália Schneider e o pessoal da Clínica S. José; Leonel Brayner; Manuel Mattos; Dr. Paulo Rodrigues e sua equipe; Pilar Guido de Castro; Vera Delayti.
E, por tudo, sempre, Heloisa Seixas.

CIP-Brasil. Catalogação na fonte
Sindicato Nacional dos Editores de Livros, RJ

C353e
    Castro, Ruy
        Era no tempo do rei : um romance da chegada da corte / Ruy Castro. – 1ª ed. – Rio de Janeiro : Objetiva, 2007.

        248p.
        ISBN 978-85-60281-33-6
        Tradução de: *La guerra del fin del mundo*

        1. Brasil - História - João VI, 1808-1821 - Romance brasileiro. 2. Brasil - História - Período Colonial, 1500-1822 - Romance brasileiro. I. Título.

07-3688.
                        CDD:981.03
                     CDU: 94.(81)"1808/1824"

[2016]
Todos os direitos desta edição reservados à
EDITORA SCHWARCZ S.A.
Praça Floriano, 19 — sala 3001
20031-050 — Rio de Janeiro — RJ
Telefone: (21) 3993-7510
www.objetiva.com.br

Era no tempo do rei.

— Manuel Antônio de Almeida, em
Memórias de um sargento de milícias

Aos velhos alfarrabistas do Rio,
que ajudaram os historiadores
a conservar a memória da cidade

Sob a inspiração de
Machado de Assis,
João do Rio,
Lima Barreto,
Orestes Barbosa,
Noel Rosa,
Marques Rebêlo,
Sergio Pôrto,
Millôr Fernandes,
Carlos Heitor Cony,
Ivan Lessa,
Aldir Blanc
e outros discípulos,
confessos ou inconscientes,
de Manuel Antônio de Almeida

Jardim Botânico

Lagoa do Freitas

Alto do Corovado

Praia da Piaçava

Praia de Copa Cabana

Morro da Saudade

Morro de São João

Rua de São Clemente

Laranjeiras

Morro

Enseada de Bota Fogo

Caminho Novo de Bota Fogo

Convento
Santa Ter

Morro do Pasmado

Outeiro da Glória

Pão de Assucar

Praia do Flamengo

Catete

Glória

N. Sra. da Glória

Praia do Boquei

Praia de São João

Praia do Russell

Fortaleza de São João

Ilha de Villegagnon

Quinta da Boa Vista

Ponta do Caju

Rua de São Christovam

Saco de São Diogo

Praia Formosa

Ilha dos Melões

Praia de São Christovam

Rua de Mata Porcos

Aterrado

Caminho das Lanternas

Saco do Alferes

Ilha das Moças

Morro da Gamboa

Saco da Gamboa

Praia da Gamboa

Morro da Providência

Praia da Gamboa

umby

Rua de Mata Cavalos

Campo de Sant'Anna

Morro do Senado

Rua dos Inválidos

Rua do Lavradio

Rua da Lapa

Morro de Sto. Antônio

Largo da Carioca

Rua dos Barbonos

Belas

tes

io

to

Morro do Castelo

Rua do Piolho

R. da Lampadosa

Rua da Conceição

Rua do Hospício

Rua da Vala

Rua dos Latoeiros

Rua de São José

Rua da Cadeia

Rua do Cano

Rua do Ouvidor

Rua do Rosário

Rua da Miséricórdia

Morro do Livramento

Morro da Conceição

Pedra do Sal

Vallonguinho

Praia do Vallongo

R. do Jogo da Bola

Ladr. do Escorrega

Rua da Saúde

Rua da Alfândega

Rua do Fogo

Rua dos Ourives

Rua da Quitanda

Rua das Violas

Candelária

Rua Direita

Beco do Telles

Largo do Paço

Praia do Peixe

Rua da Prainha

Rua Estreita de S. Joaquim

Rua do Sabaum

Prainha

Morro de São Bento

Cais dos Mineiros

a das Freiras

de Santa Luzia

Praia Dom Manoel

Ilha das Cobras

Ponta do Calabouço

Ilha dos Ratos

RIO DE JANEIRO

1810

O Rio de *Era no tempo do rei*, ontem e hoje, com todas as ruas citadas no mapa e ao longo do livro, pode ser conferido na página 245.

Prólogo

Ainda com a mira torta pela falta de prática, Leonardo atirou o limão-de-cheiro. A bola de cera colorida explodiu no portal da barbearia, na esquina de Quitanda com Ouvidor, e respingou nos babados da gravata *jabot* de um meirinho que se pusera no seu caminho. Por pouco não acertou o incauto nas barbas ou no chapéu tricórnio, como era a intenção do peralta. O homem respirou. O líquido castanho que espirrou do projétil era uma inofensiva água-de-canela, suave e fragrante. Menos mal, que podia ser coisa pior. Valia tudo no entrudo, o Carnaval português do Rio de Janeiro.

Para o menino Leonardo, era o primeiro limão-de-cheiro do Carnaval de 1810, o início dos alegres combates que, a cada ano, por três ou quatro dias sem lei, envolviam o Rio numa orgia de líquidos, leves ou gosmentos, com que os súditos do rei se mimoseavam uns aos outros em frenético abandono. E, para isso, usavam as mais diversas armas. O limão-de-cheiro, vendido na rua, aos tabuleiros, era o mais popular. Mas havia também as enormes seringas e bisnagas, que disparavam jatos à queima-roupa, e os baldes, tachos, bacias, panelas, penicos e tudo que pudesse comportar água ou alguma linfa menos nobre, a ser jorrada dos alpendres e varandas sobre quem passasse por baixo.

Era uma grande pândega. Só não se entendia por que, numa época tão pouco chegada a banhos, as pessoas tirassem aqueles dias para se molhar e se emporcalhar com grande gosto. Por falta de prática, muitos se resfriavam, alguns, mortalmente — rara a família que não tinha em seu histórico uma baixa do entrudo. Mas, se era para morrer, que fosse no Carnaval, muito melhor que na Quaresma.

As patuscadas não se limitavam às águas. Despejava-se de tudo sobre os outros, inclusive pancadas à traição, desferidas com porretes em cartolas, apenas para ouvir cantar os galos que se formavam sob elas. Ou então, assim que descobertas, carecas eram alvejadas com tremoços soprados de tubos de vidro. Esticavam-se cordas entre duas árvores, a um palmo do chão, para fazer tropeçar os distraídos; buracos eram abertos na rua e cobertos com palha, tragando os transeuntes que não viam onde pisavam; e urdiam-se muitos outros trotes, que às vezes deixavam marcas no corpo e não eram nunca esquecidos, mesmo quando se chegava à avançadíssima idade de 50 anos.

Todo ano, por aqueles dias de fevereiro, às vezes março, era assim — como se, a uma ordem do deus Baco, diabos brotassem das profundas e ocupassem os corpos de homens e mulheres, nobres e plebeus, livres e escravos, e os tornassem, por igual, crianças de todas as idades, como os heróis e vilões deste livro.

Em que Pedro faz das suas em
Palácio e a empáfia do inglês Jeremy Blood
é coroada com farinha e ovos

O garoto de olhos pretos e brilhantes, nariz de águia e porte idem, que não gostava de ser contrariado, era um diabrete de fazer inveja ao cujo. Os anéis de cabelos fartos e também pretos mal escondiam os chifrinhos que brotavam da cabeça grande e senhorialmente esculpida. O casco fendido era disfarçado pelas botas de montaria, mas o volume do rabo em ponta, enrodilhado, às vezes se revelava nos fundilhos das calças justas e presas no meio das canelas. Se, em sua meiga infância, o pequeno Pedro — que era como se chamava o encabritado — já demonstrara um talento para traquinadas digno de marmanjos com o dobro de sua idade, imagine-se o que não seria quando crescesse.

A depender dele, não apenas os dias do entrudo, mas os 365 do ano seriam dedicados a alvoroços. Pelo menos, seu repertório de travessuras dava para todos esses dias e mais um de quebra, em caso de ano bissexto. Além disso, alvos não lhe faltavam nas duas casas em que sua família se espalhava pela cidade: o casarão do largo do Paço, à beira do cais — a que foram anexados, por passadiços, o convento do Carmo e a antiga Cadeia —, e o palácio da Quinta da Boa Vista, em São Cristóvão. Será preciso explicar que o maroto pertencia à Família Real portuguesa, que, menos de dois anos antes, num dia tão feliz de março de 1808, desembarcara no Rio trazendo a coroa, o cetro e o trono — a Corte de Sua Alteza Real, seu pai, o excelso príncipe regente D. João — para o Brasil?

Ou que nosso herói, como rezava a etiqueta aos escribas, era o sereníssimo D. Pedro de Alcântara Francisco Antonio João Carlos Xavier de Paula Miguel Rafael Joaquim José Gonzaga Pascoal Serafim de Bragança e Bourbon, príncipe da Beira, duque de Bragança, conde de Barcelos, marquês de Vila Viçosa e, por morte (de bexigas, como então se chamava a varíola) do primogênito D. Antonio, príncipe real e herdeiro da Coroa?

Tantos nomes e títulos para o menino Pedro não disfarçavam o fato de que, com os hormônios a ferver-lhe dentro das ceroulas e os primeiros pêlos a roçar-lhe o púbis, podia-se chamar de tudo ao peralvilho, menos de sereníssimo — ou não se faria justiça às piruetas e cabriolas de que ele, aos 12 anos incompletos, era capaz. E nem às suas vítimas, que, se pudessem pegá-lo de jeito sem ter suas identidades descobertas, haviam de ensinar-lhe com quantas palmadas se esquentava um rabo.

No Carnaval anterior, por exemplo — o de 1809, o primeiro que ele passara no Rio —, Pedro já fizera abundantemente das suas, numa recepção oficial dada por seu pai no palácio de São Cristóvão. Começara por espetar rabos de papel às casacas de quantos rei-

nóis pegasse distraídos, fazendo-os circular inadverti-
damente pelos salões com aqueles apêndices de metro e
meio, até que alguém os percebia e denunciava. Depois,
introduzira um cachorro no salão, justamente quando
os pares dançavam o minueto, o que provocou grande
consternação entre as fidalgas, cujas virilhas o cachorro
insistia em ir cheirar.

Mas sua maior insolência naquela noite foi levantar a cauda da casaca do conde de Olivinha e jogar três rãs vivas dentro das suas calças de alto cós. Ao
dançar-lhe por dentro da roupa, os bicharocos faziam o
nobre correr em círculo pelos salões, soltando exclama-
ções em tom de flauta:

"Ai, que me tomam de assalto! Ai, que me
acabam!"

Ao contato úmido dos batráquios contra a sua
pele, os saltitos dados pelo conde impressionaram ne-
gativamente as damas da Corte, muitas das quais, até
então, tinham o Olivinha por ótimo partido. Ao fim e
ao cabo, as rãs acharam elas mesmas a saída das calças
— pelo próprio lugar por onde tinham entrado — e
fugiram espavoridas, talvez por não querer privar das
intimidades do conde.

O pobre Olivinha não foi a primeira nem a última vítima das rãs do infernal Pedro. E não seria por
falta de munição que o jovem príncipe deixaria de pre-
gar esta peça em outras figuras da nobreza. Partindo
do Paço, o caminho de Mata-Cavalos que conduzia
à Quinta da Boa Vista era atravessado por charcos e
brejos pululantes de rãs e, ao passar por ali, Pedro costumava se abastecer, mesmo que não tivesse alvos imediatos em vista.

Mas, se não lhe faltavam alvos, apetecia-lhe às
vezes variar de artilharia. Naquele mesmo Carnaval,

Pedro se dedicou também a torturar suas irmãs menores, Maria Isabel, Maria Francisca e Isabel Maria, misturando pó-de-mico ao polvilho branco ou azul com que empoavam suas cabeleiras.

As raparigas eram consideradas extraordinariamente feias — a duquesa de Abrantes as comparara a um trio de corujas empalhadas — e temia-se que, se algum visitante estrangeiro pusesse os olhos sobre elas e descrevesse suas carantonhas em qualquer casa real da Europa, elas nunca arranjariam casamento. Mas nem isso justificava o alcance da maldade de Pedro. O pó-de-mico entranhou-se nos cachos e tranças das infantas, fazendo com que se coçassem como doidas, esgadelhando-se aos gritos pelos ladrilhos e arrancando chumaços inteiros de cabelos com as mãos. Antes que perdessem até o couro cabeludo, as infelizes foram raspadas a navalha por Catelineau, o famoso cabeleireiro francês com salão na rua do Ouvidor, e só então, carequinhas e de peruca, conheceram relativo sossego.

Se não teve piedade das irmãs, Pedro muito menos pouparia o irmão caçula, D. Miguel, quatro anos mais novo do que ele. O infante era seu concorrente direto no afeto da mãe de ambos, a princesa Carlota Joaquina, que, com acachapante franqueza, não escondia sua preferência pelo menor. Mas Miguel tinha uma fraqueza secreta e que Pedro conhecia bem: um ridículo medo de lagartixa. Tão valente em tudo, e já com fumaças de potreiro e novilheiro desde que se pusera de quatro pela primeira vez, o menino Miguel se borrava ao ver uma lagartixa passeando de cabeça para baixo pelo teto, a três ou quatro metros de altura — e dias havia em que, pelo acúmulo de lagartixas flanando à sua vista, precisava ter as calçolas trocadas mais de uma vez.

Para uma festa vespertina ao ar livre na Quinta, no aniversário dos 8 anos de Miguel, Pedro planejou seu trote com antecedência. Nos dias anteriores, fez uma rica colheita de lagartixas nos jardins do palácio, entre as pedras dos muros, as cascas das árvores e outros lugares onde elas se escondiam durante o dia. Sabendo que as lagartixas ficam meio abestadas à luz do sol, Pedro lotou com elas um saco e, aproveitando a sesta antes da festa, esvaziou-o sobre a pilha de presentes que a Corte trouxera para oferecer a Miguel. Em busca de abrigo, as lagartixas se refugiaram nas roupas dos bonecos, misturaram-se aos gizes dentro dos estojos, achataram-se entre as páginas dos livros, penetraram pelo fundo dos tambores e adentraram as campânulas dos cornetins.

Horas depois, em meio à festa, quando Miguel foi tomar posse dos brinquedos e exibi-los, elas surgiram por todo lado, tontas, às dezenas, subindo pelas calças dos convidados e tentando meter-se pelas braguilhas. E o infante teve de subir correndo aos seus aposentos para se trocar, comprometendo o brilho da ocasião.

Cada vez mais ousado nas suas arremetidas, e ainda em seu primeiro e inesquecível Carnaval no Rio, Pedro decidiu lambuzar com bosta de cavalo as maçanetas do gabinete do padre Luiz Gonçalves dos Santos, vulgo Perereca. O padre Perereca, assim alcunhado por seus braços finos e compridos, olhos esbugalhados, tez algo esverdeada e voz fina e piedosa, era o historiador oficial da Real Família. Para isto, tinha um aposento especial no Paço, onde dava expediente em tempo integral, seis dias por semana, dias santos e feriados incluídos — não livrava nem o Carnaval — e chegando bem cedo pela manhã. Os príncipes ocupavam de tal forma seu coração que ele mal reservava espaço em suas orações para as almas aflitas da paróquia.

Todos na Corte sabiam do rigor com que padre Perereca se dedicava à função de escriba do trono. Nas suas descrições, nenhum Bourbon ou Bragança era menos que perfeito ou capaz de qualquer pecado. E sua atitude na presença do príncipe regente era de fanática adoração. Quando D. João, ao passar por ele no Paço, dava-lhe distraidamente a mão a beijar, padre Perereca caía de joelhos e a tomava para si, quase em prantos, como se estivesse se apoderando de uma galinha-daguiné ou de um marreco assado. Primeiro, cobria essa mão de beijos, nas costas e nas palmas, produzindo estalos involuntários com a língua. Depois, dedicava-se a dar bicotas e lambidelas na ponta de cada dedo, indo e vindo por eles, como numa escala musical. Finalmente, chupava os ditos dedos com volúpia, um de cada vez, como se fossem pirulitos. Com esforço, aos arrancos, só a custo D. João conseguia recolher a mão ensopada e enxugá-la na barra do manto.

Ao exercer seu papel de cronista e registrar o dia-a-dia da Corte, a veneração de padre Perereca chegava aos píncaros do deslumbramento. Um simples espirro de Sua Alteza Real, o príncipe regente Nosso Senhor — para usar a linguagem com que ele sempre se referia por escrito a D. João —, era um esguicho de inspiração divina. Um suspiro de Nossa Augusta Senhora, dona Carlota Joaquina, Infanta de Espanha e fidelíssima princesa do Brasil, abria clareiras nas nuvens, por onde o sol despejava raios de luz. E cada uivo demente da rainha Nossa Senhora, a amada dona Maria I, era uma garantia de que a saúde não iria faltar à mãe de D. João para nos guiar e conduzir, assim que a razão lhe voltasse em pleno aos miolos.

Era assim, com esses tratamentos licorosos, a pena embebida em amor e quase se afogando nas louvaminhas, que padre Perereca descrevia, em folhas soltas, o sublime cotidiano dos soberanos. Tudo que viesse de Suas Reais Altezas — um pequeno arroto, um bocejo, um soluço — o encantava e deliciava.

Pois o malévolo Pedro queria certificar-se de que os dejetos das bestas reais, recolhidos ainda frescos e cremosos na cavalariça do Paço, também iriam fazer o encanto e a delícia de padre Perereca. Ao raiar do sol naquele dia, encheu com eles um embornal e, dando preferência às galerias secundárias, para não ser denunciado pelo odor, levou o material para o gabinete do religioso. Com a ala vazia àquela hora, besuntou as duas maçanetas, da sala e da ante-sala, com uma colher de pau. Voltou para o corredor e se escondeu atrás de pilares para esperar a chegada do padre. Dali a pouco, viu surgir correndo pelo saguão escuro, com a batina ao léu, como se estivesse atrasado, um esbaforido Perereca.

No afã de abrir a porta, o padre empalmou com ênfase a primeira maçaneta — e, ao tentar girá-la, sentiu uma consistência estranha em sua mão e que a maçaneta escorregava sem sair do lugar. Recolheu a mão no ato, examinou-a à luz de um archote e levou-a ao nariz para cheirá-la, fazendo movimentos de coelho com as narinas.

Padre Perereca percebeu do que se tratava, mas, se fez algum comentário, não o ouvimos. Apenas tirou da manga da batina um lenço vermelho, com o qual limpou a mão e, depois, a maçaneta. Devolveu o lenço ao seu lugar, abriu a porta e entrou pelo gabinete. Pedro seguiu-o a uma certa distância, mal abafando o riso. Tomou posição no vão da primeira porta e viu quando o santo padre, ao rodar a manivela da outra porta, mais uma vez sentiu sua mão deslizar sobre algo untuoso e impróprio. Era demais, até mesmo para o pio Perereca.

"Caralhos me partam!!!" — ele rugiu, descontrolado.

Chamas lhe saíram pela boca, como nos personagens das iluminuras dos livros medievais. Em um segundo, no entanto, ao adivinhar quem seria o autor da ignomínia e concluindo que o estróina devia estar por perto, acalmou-se de estalo. Voltou a tresandar santidade e disse em voz alta, fingindo admiração:

"Homessa! Que o excelentíssimo senhor príncipe da Beira, nosso querido D. Pedro, é deveras espirituoso!"

Pedro saiu de fininho e foi dobrar-se de rir lá fora, no pátio. Mas, pelos muitos meses seguintes, todas as vezes que passou por Perereca no Paço, Pedro pensou ouvi-lo tartamudear coisas desconexas, como se o padre mastigasse sílabas que tirara de uma infusão de fel, ao mesmo tempo em que, sobre um joelho, beijava com sofreguidão a mão do jovem príncipe.

Todos esses feitos, no entanto, seriam artes de aprendiz diante da exemplar operação de guerra que, finalmente, no Carnaval de 1810, Pedro armou contra o torpe mercador inglês sediado no Rio, Jeremy Blood.

Em menos de dois anos por aqui, Blood ficara rico exportando produtos brasileiros convencionais, como café, cachaça e pimenta — e podre de rico com a vasta fauna patrícia que despachava para animar os salões da Europa: papagaios, micos, caxinguelês, cágados, tamanduás, onças e lobos-guarás, além de uma formidável passarada, com espécimes dos mais diversos feitios, tamanhos, cores, formato de bico, comprimento da cauda e estilo de canto. Os campeões de venda em suas exportações, no entanto, eram os macacos, disputados em algumas cortes européias por sua aptidão para catar piolhos em humanos. Mas tudo que voasse, corresse ou rastejasse caía nas arapucas dos caçadores de Blood, e os navios com suas cargas, que zarpavam quase toda semana para Liverpool, deixavam no chinelo a arca de Noé.

Quando esses navios voltavam ao Rio, traziam âncoras, banheiras, fogões, cofres, caldeiras, bigornas e toda espécie de ferragem de segunda mão, fabricada na Inglaterra, que Blood vendia a peso de ouro para o incipiente mercado brasileiro. O resultado é que, em algumas regiões do Brasil, já havia uma praga de formigas, pela súbita escassez de tamanduás. Em compensação, em cada casa havia uma bigorna pronta para ser usada, embora nem todos soubessem para o que servia.

Não que Pedro tivesse alguma coisa contra os ingleses. Ao contrário, pelo que ouvia dos mais velhos, os franceses é que eram os vilões do novo século, os republicanos insidiosos, os vampiros da realeza. Com a falta de cerimônia com que, até bem pouco, guilhotinavam as cabeças coroadas, ninguém de sangue azul estava a salvo na Europa. O festival de cabeças cortadas terminara, mas, agora, a França caíra nas mãos de um homem chamado Napoleão, que se autoproclamara imperador e estava ameaçando abocanhar todas as casas reais — a própria Família Real inglesa, para se garantir, botara as barbas de molho. É verdade que, além da vaidade de pretender dominar o mundo, Napoleão tinha razões pessoais para tentar se espalhar pela Europa e pelo norte da África. Se quisesse um mínimo de sossego para governar a França, teria de se livrar dos inúmeros e insaciáveis parentes — irmãos, primos, tios, cunhados, agregados —, que viviam pendurados nos seus favores. Por isso precisava tomar quantos países pudesse, a fim de lhes dar empregos de vice-rei ou de governador, cargos de primeiro-ministro ou de chefe da polícia e títulos de conde ou marquês — e, quanto mais para longe pudesse despachá-los, melhor.

O único obstáculo ao seu expansionismo era a própria Inglaterra. Daí que Napoleão só pensasse em asfixiar a velha ilha, bloqueando seu comércio com o resto da Europa e cortando sua saída para a América e a África. Para concretizar seus desígnios, e com a Espanha já sob seu controle, só lhe faltava subjugar Portugal. Donde o ultimato que, em 1807, ele mandara a D. João não deixar margem a dúvida: ou Portugal participava do bloqueio à Inglaterra e lambesse os beiços, ou seria anexado ao império napoleônico e rebaixado a uma guiana ou coisa assim.

Acontece que Portugal e Inglaterra eram aliados de quinhentos anos — uma aliança tão antiga que, quando começou, a numeração de seus henriques e manuéis ainda estava no zero. Ao mesmo tempo, D. João, como muitos portugueses, tinha um chiquê por tudo que fosse francês — a língua, a literatura, os perfumes, os molhos, os doces, os queijos — e se mortificava com a idéia de que a França se lhe tornasse hostil. Mas não podia se submeter a Napoleão e muito menos mandá-lo se roçar nas ostras, como gostaria, porque o corso podia se ofender e retaliar. D. João pensou até em oferecer em casamento seu herdeiro, D. Pedro, a alguma sobrinha de Napoleão — o que, além de vergonhoso, parecia prematuro porque D. Pedro tinha, então, apenas 9 anos.

O jeito era continuar cozinhando Napoleão com bacalhau e batatas, o que D. João, com negaças e esquivas, fingindo-se de bobo e de indeciso, conseguiu fazer até a 25ª hora. Em novembro de 1807, farto de esperar pela definição portuguesa e ao se dar conta de que o bobo era ele, Napoleão ordenou a tomada de Lisboa pelo marechal Junot. Mas, então, D. João já preparara a transferência da Corte para o Novo Mundo. Com as bandeiras tricolores das tropas francesas a quase fustigar-lhe as popas, D. João escapou com o bacalhau e as batatas para o Brasil.

A Armada inglesa escoltou a Corte portuguesa na sua fuga através do Atlântico e a ajudou a se estabelecer no Rio. Mas não fez isso pelas coxas do príncipe regente ou pelos olhos verdes das mulatas. Com tal atitude, a pérfida Albion garantiu que os portos brasileiros fossem abertos ao comércio internacional, o que significava que, a partir dali, a Inglaterra podia comprar e vender direto para o Brasil, sem ter de passar pelos olhos da antiga metrópole. Um dos beneficiários dessa política, entre as centenas de ingleses que deitaram ferros aqui, chamava-se Jeremy Blood.

O mercador Blood era descendente direto de Peter Blood, um jovem médico inglês nas Caraíbas que, pouco mais de cem anos antes, em 1690, se convertera à pirataria contra o odioso reinado de Jaime II. No começo, Peter Blood era um patriota, um homem valente, honesto e pobre, que usava a pirataria para o bem. Mas logo descobriu que, destemido como era, hábil na espada e cercado tão-somente de patetas, ser corsário *tout court* trar-lhe-ia fortuna e poder. Assim, sob a bandeira preta, de tíbias cruzadas, ficou temido como um gavião do mar: tomou navios de todas as nacionalidades, pilhou suas cargas, estuprou suas passageiras, perdeu a conta das naus que queimou e condenou dezenas de inimigos e até amigos à prancha ou à forca. E, ladino como era, não apenas se casou com a bela Arabella, sobrinha do homem mais rico e corrupto da Jamaica, como, em pouco tempo, despachou este homem para o quarto lugar no ranking da riqueza e da corrupção jamaicana — porque os três primeiros lugares passaram a ser ocupados por ele. As façanhas do capitão Blood em águas caribenhas passaram ao domínio da lenda e do folhetim, e seus descendentes inspiraram-se nelas para viver de tramas e ardis por dois ou três dos sete mares.

Foi numa dessas, fugindo de alguma trapalhada em Gloucestershire, Northumberland ou Penrhyndeudrseth, que o quarentão Jeremy Blood, seu bisneto, viera parar no Rio. Muito alto, de queixo quadrado, nariz enorme e olhos penetrantes, logo ficou íntimo dos salões do Paço — vivia em tretas e mutretas com os administradores de D. João, nem todos sem jaça. Em troca de propinas, esses funcionários o municiavam de informações emanadas dos trapiches por onde entravam e saíam as importações e exportações brasileiras. De posse delas, Blood fazia operações de compra e venda que lhe rendiam escandalosos lucros. Sua fortuna pessoal era toda de moeda cunhada na véspera, mas, pouco hábil e julgando-se secularmente fino e esnobe, não perdia uma chance de esculachar o Brasil.

Aos seus olhos, tudo na Corte de D. João era de última categoria. Era como se o Rio, que acabara de ser promovido de cidade colonial a sede de um império, fosse obrigado a ter os mesmos luxos, confortos e belezas que Londres vinha acumulando desde Henrique VIII, no século XVI, fruto de conquistas à ponta da espada e de inúmeros espólios acumulados.

Para Blood, o austero e quase humilde Paço Real, por exemplo, não passava de um casebre deplorável, pouco mais que uma estrebaria, e com iguais odores. O palácio da Quinta da Boa Vista era, segundo ele, uma casa sem estilo e sem graça, decorada com móveis que fariam melhor se alimentassem fogueiras. O coche de D. João, com sua parelha de cavalos brancos ajaezados e ornados com fitas e plumas na cabeça, transformava-se, aos olhos de Blood, numa carroça puxada a mulas e conduzida por um cocheiro em andrajos.

A cidade, de encantos para ele invisíveis, era fétida, purulenta de pântanos e com as ruas tomadas por asnos, porcos e aves, nenhum deles usando fraldas. O serviço de limpeza urbana era entregue, imagine, aos urubus — e, de fato, ao sair de manhã para o trabalho, Blood às vezes cruzava com um deles à porta de sua casa, na rua da Vala, perambulando com seu passo malandro, meio de banda, e levando no bico uma tripa de bode ou um olho de cachorro. O que fazia Blood voltar correndo para dentro e vomitar a torta de rins que acabara de comer.

Quanto ao povo do Rio, Blood só enxergava nele a escumalha: uma chusma de escravos, ciganos, mestiços, saloios, marujos e meliantes, de cambulhada com mendigos, anões, cegos, caolhos, banguelas, coxos, rotos e corcovados, muitos de pernas arqueadas, todos maltrapilhos.

"Este é o mais imundo ajuntamento humano sobre a Terra", ele bradava pelo Paço. Era como se Blood gozasse de imunidades para dizer o que pensava, ao mesmo tempo em que coçava insetos nas virilhas, cavoucava impunemente seu piramidal nariz e os poucos dentes que lhe restavam eram cobertos de um limo equivalente ao dos penhascos da Cornualha.

Para completar, Blood não era tampouco generoso na sua opinião sobre o governo de D. João no Brasil.

"Para o regente, isto aqui não passa de uma quinta", dizia com escárnio. "Na Inglaterra, Sua Alteza não serviria nem como bobo de sua própria corte."

Pedro estava presente na sala de despachos do Paço quando o severo intendente Paulo Fernandes Viana, um misto de prefeito da cidade com mestre-de-obras e chefe da polícia, em seu relatório matinal diário para D. João, repetiu-lhe as aleivosias que Jeremy Blood destilava em público sobre sua Corte e seus vassalos. O menino observou quando as lágrimas assomaram aos olhos do pai, oleosas e abundantes. Como um rio que ameaçasse transbordar, equilibraram-se por um momento na borda das pálpebras do regente e, com os soluços que o faziam estremecer, derramaram-se às catadupas, escorrendo pelas suas bochechas e infiltrando-se entre as roscas das papadas. De fato, o Rio estava longe de ser Versalhes, e o próprio D. João não se julgava um Luís XIV, mas isso não justificava o áspero julgamento de Jeremy Blood. Afinal, com o impedimento da rainha por loucura, ele era, para todos os efeitos, o rei.

Aquela saraivada de ofensas magoou D. João, porque ele gostava de todos os ingleses, daqui e d'além-mar, e lhes era grato por terem posto um oceano entre sua coroa e Napoleão. E gostava particularmente de Jeremy Blood, porque ele viera com a primeira leva de imigrantes ingleses, poucas semanas depois que a Corte aportara na Guanabara. D. João até o favorecera na sua chegada ao Rio, porque Blood, revelando sua então vasta ignorância sobre os trópicos, desembarcara trazendo toda espécie de traste inútil para vender — gibões de pele de foca, pantufas de lã, protetores de orelhas, fornos para calefação, sapatos de neve, patins de gelo e outros artigos que exigiriam temperaturas abaixo de zero para ter algum apelo comercial. Blood ameaçava morrer de posse de um cargueiro inteiro de inutilidades e deixar uma dívida impagável para as gerações que o sucedessem.

Mas, por intermédio de Sir Sidney Smith, contra-almirante e comandante da Armada britânica no Brasil, D. João tomara conhecimento da situação de Blood e se compadecera dele. Com sua conhecida bondade às custas do Tesouro, mandara comprar a traquitana do inglês e estocá-la para, um dia, mandá-la, grátis, para seus amigos falidos em Portugal, depois que os franceses fossem expulsos de lá. E, agora, Blood atirava-lhe às faces essa ingratidão.

D. João era homem de lágrima fácil. O pequeno Pedro já o vira chorar em outras ocasiões — uma delas, no cais da Torre de Belém, sob uma chuva lúgubre e renitente, no dia do embarque da Corte para o Brasil, dois anos antes. Mas, por causa de Jeremy Blood, pela primeira vez achou que podia fazer algo para mitigar o pranto de seu pai. Ou para vingá-lo.

Pedro ouviu quando D. João ordenou a Paulo Fernandes Viana que convocasse Jeremy Blood à sua presença. E que, embora estivéssemos no sábado de Carnaval, o senhor Blood fosse visitá-lo no Paço às três horas daquela tarde. O rei não pretendia puxar as orelhas ao inglês, nem lhe passar um pito — nem pensar. Como era de seu jeito clemente e pacificador, talvez até cumulasse Blood de novos favores, para que ele tivesse uma visão mais favorável do Brasil.

Era com esse traço de seu pai que Pedro não se conformava. Por que não exercer o peso de seu cetro sobre um estrangeiro que não fazia por merecer a acolhida que o Brasil lhe dava? Fosse ele, Pedro, o rei, e Jeremy Blood teria de jogar-se a seus pés, arrependido de um dia ter diminuído seu reino. Enquanto isso não acontecia, Pedro podia, pelo menos, partir para uma pequena vindita contra o inglês — à sua maneira.

Pouco antes das três, e já saboreando a doce vingança que iria executar, Pedro foi buscar seu arsenal na Real Ucharia, a despensa do palácio. De posse do que precisava, chamou três escravos para carregar os apetrechos pelas galerias até uma das janelas que davam para o pátio: uma bacia cheia d'água, uma grande gamela de polvilho e uma caçarola, repleta até a boca, tudo misturado, de claras, gemas e cascas de ovos crus. Eram as armas clássicas do entrudo. Equipado com elas e com as piores intenções da Corte, Pedro chegou à janela no justo momento em que, quatro metros abaixo, passava Jeremy Blood, em fatiota de gala, a caminho do que julgava ser apenas mais um simples beija-mão com D. João.

Blood sabia que estávamos no Carnaval e entendia que, como todo mundo, era um alvo em potencial para os cretinos que se apraziam em molhar e sujar as pessoas. Mas ele era um súdito inglês, bisneto de Peter Blood, e quem quisesse ver-se a salvo de garotices por aqueles dias, que se trancasse em casa, aos ferrolhos. E que Corte era aquela e que autoridade reinava se, por causa da folia, não tivéssemos segurança nem no Paço, a residência oficial do príncipe regente do Brasil?

A água lhe foi despejada de um só jato, a bacia inteira, parecendo conter toda a baía de Guanabara, e Jeremy Blood mal teve tempo de se refazer do susto e imprecar sua indignação. Ao olhar para cima, recebeu uma densa camada de polvilho, envolvendo-o numa nuvem que, por instantes, o cegou de branco e que, aderindo à água, formou uma goma, um emplastro, sobre sua cabeça descoberta. Mais uma vez, quando olhou de novo para cima e abriu a boca para tentar vociferar, Blood foi agraciado com a carga das gemas, cascas e claras, da qual engoliu uma parte, e ficou apoplético, sem fala. Vencido, com a baba amarela escorrendo-lhe pela cara, esperou pelo novo ataque de produtos do galinheiro. E, quando este não veio, só então pôde desabafar:

"*Blast you, you son of a bitch!!!*" — trovejou para a janela, em inglês mesmo.

Mas então se deu conta de que, por não ser entendido, seu insulto cairia no vazio, e traduziu-o imediatamente:

"Diabos te levem, filho-da-puta!!!"

Como sempre, no entanto, a tradução não fez jus ao original. Além disso, ambas as frases saíram-lhe quase incompreensíveis, em meio aos sons enfarinhados e aos pedaços de cascas que sua boca disparava junto com as sílabas.

Seja como for, era inútil estrilar porque, no entrudo, mesmo as brincadeiras mais rudes ficavam impunes. E quem poderia tê-lo submetido àquela molecagem senão um dos pretos da criadagem? Aliás, ao despregar dos olhos a máscara de polvilho, Blood julgou ver vultos negros correndo lá em cima, como se tentassem fugir de um flagrante.

Mas o verdadeiro ofensor já não estava ao alcance de suas ameaças. Assim que despejara o conteúdo dos ovos, Pedro largara o vasilhame para trás e correra para os fundos do Paço, descendo a escadaria de quatro em quatro degraus, rumo à cavalariça, a fim de rir sozinho do desconforto que causara ao inglês. Se este soubesse que o maroto que o atacara fora nada menos que o príncipe D. Pedro, havia de fazer queixa ao pai dele e, desta vez, pela gravidade do ataque — a um inglês! —, era certo que o herdeiro da Coroa não escapasse de uma reprimenda em regra.

Era o momento de se esconder pelo resto do dia. Pedro achou melhor ir para a rua, por onde, até então, nunca se aventurara por conta própria. Príncipes não saíam à rua sozinhos e a pé, menos ainda em criança, e, até aquele dia, sempre que Pedro deixara o palácio, fora para cavalgar pelo campo de Sant'Ana ou pela rua da Lampadosa escoltado pelos oficiais da Cavalaria. Mas, agora, às portas dos 12 anos, sentira o apelo das ruas — uma intensa vontade de ver o que elas tinham para receber tanta gente. Mas como deixar o Paço sem ser percebido?

Foi fácil. Misturou-se às pessoas que entravam e saíam, passou pelo portão e nenhum guarda o percebeu. Mesmo porque estava vestido com simplicidade, com a roupa que usava nas cocheiras.

À sua frente, abriu-se o largo do Paço. A princípio, ele se assustou com a multidão que o atravessava, vindo tanto da rua Direita quanto do cais de pedra lavrada e das ruas da Cadeia e do Cano, que o cortavam. Pedro atravessou a praça, desviando-se dos coches e seges, dos negros conduzindo cadeirinhas e bangüês e dos cavalos a toda brida — à velocidade do sábado de Carnaval. Evitou também pisar nas estrumeiras acumuladas sobre o chão de terra e capim. Ressentindo-se do sol de fogo e da nudez de árvores do largo, foi tomar água no chafariz e, por instantes, ficou hipnotizado pelos dialetos cantados dos negros aguadeiros. Finalmente, em busca da sombra das soleiras, entrou pelo arco do Telles — sem saber que, ali, por desígnio ou acaso, iria encontrar seu equivalente civil, seu duplo, a alma gêmea que ele nunca desconfiara existir.

Um menino à rédea solta, livre como o vento, sujo e de nariz escorrendo, e que também andava de mãos dadas com o coisa-ruim: Leonardo.

Em que a mulher do meirinho faz
a alegria da tropa e o menino Leonardo se
refestela nos seios da vizinhança

Era a infância que todas as crianças pediam a Deus, mas que só Belzebu podia oferecer. Leonardo não tinha de ir à escola, nem de fazer os deveres, nem de ir à igreja e nem mesmo de trabalhar. Ouvia bater o sino de São Bento, mas isso não lhe dizia nada, porque não tinha hora para dormir, muito menos de voltar para casa, e sabia que, a qualquer hora que voltasse, encontraria no armário uma travessa de sardinhas fritas ou um prato de feijão preto sobre o qual deitar farinha. Também não precisava usar sapatos, nem cortar as unhas, nem escovar os dentes, nem tomar banho, exceto, neste último caso, quando lhe dava na telha, e então mergulhava vestido — calças de ganga azul e camisa riscada de algodão grosso — no chafariz do largo da Carioca e, melhor ainda, sem a mãe por perto para fiscalizar se esfregara atrás das orelhas.

Leonardo não tinha mãe ou, pelo menos, desde os 7 anos não sabia por onde andava, desde que ela saíra de casa e deixara o marido, seu pai, literalmente a ver navios. E, de certa forma, Leonardo também não tinha pai, o qual, ao se ver abandonado pela mulher, resolveu abandonar o filho, largando-o aos cuidados dos padrinhos: um bondoso barbeiro seu vizinho, chamado Quincas, que acolheu o menino e o criou como se fosse seu filho, e dona Felomena, que, na condição de parteira, fora a primeira pessoa a ver Leonardo quando ele veio à luz. Os dois, padrinho e madrinha, não eram marido e mulher, mas, como compadres, encarregaram-se por igual de estragar o garoto, mimando-o de todo jeito, fazendo vista grossa às suas travessuras e dando-lhe algo que nunca se deve dar a uma criança para brincar: o mundo.

Seu pai, também Leonardo — por extenso, Leonardo Pataca, minhoto chegado ao Rio na grande leva de imigrantes portugueses de 1798 —, era meirinho. O meirinho era um oficial de Justiça, ou seja, a primeira instância entre os mortais e a lei. Como tal, sua função deveria ser sagrada para de quem ele se aproximasse — afinal, era o degrau inaugural de uma absolvição ou do opróbrio, no caso de um processo. Em vez disso, era considerada a profissão mais reles, calhorda e desprezível de quantas se praticavam no tempo do rei. Ser meirinho consistia em cercar fisicamente o alvo de um litígio, usando os golpes mais baixos e impiedosos, não deixando que o pobre-diabo escapasse, para lhe entregar uma intimação e ouvi-lo dizer, justamente humilhado, "Dou-me por citado!".

Isto feito, era voltar para o Canto dos Meirinhos, na esquina de Quitanda com Ouvidor, em cuja calçada a categoria se reunia de pé, nos seus momentos de folga, para entregar-se à diversão comum: falar mal de um colega ausente e, em seguida, falar bem, quando acontecia de esse ausente aparecer e se tornar presente.

Enfim, ser meirinho era uma profissão tão chã que qualquer estarola podia desempenhá-la. Mas era também uma das mais necessárias, pela quantidade de processos que, graças ao excesso de advogados, corria pelo Rio e precisava de quem lhes entregasse as intimações e registrasse a frase fatal. Esta, por sinal, era repetida tantas vezes ao dia e em tantos quadrantes da cidade que até os papagaios a sabiam de cor.

"Dou-me por citado! Dou-me por citado!", viviam dizendo os louros nos poleiros.

Leonardo Pataca não era melhor nem pior do que os outros meirinhos. Apenas mais parvo em matéria de amores, porque só se apaixonava pelas mulheres erradas. Inclusive a saloia Maria, mãe de Leonardo.

Maria, muito branca, duas rosetas ao semblante e ex-vendedora de hortaliças, tripas e bofes no mercado do largo do Rato, em Lisboa, era rechonchuda e bonitota, como alguém a descreveu, e viera para o Rio no mesmo navio que o Pataca. Logo à saída do Tejo, quando seus olhares se cruzaram no convés, não perderam tempo em demonstrar o interesse recíproco. Seguindo os costumes da época, o Pataca deu dois passos à frente e pisou-lhe com toda força o dedão do pé direito. O guincho emitido por Maria era a prova de que o pisão lhe calara fundo no peito. Em resposta, e como se esperasse pelo galanteio, ela pespegou ao Pataca um beliscão nas costas da mão, cravando-lhe inclusive as unhas, para que ele não duvidasse de que era correspondido. Era a senha para que os dois passassem a dividir o mesmo cobertor no dormitório pelo resto da viagem, chamando a atenção dos outros passageiros pelo fato de o cobertor parecer vivo quatro ou cinco vezes por noite.

Ao chegar ao Rio, duas semanas depois, com a Maria ainda claudicando e o Pataca com uma grande mancha roxa entre os tendões e veias da mão direita, os dois se amancebaram e foram viver de portas adentro numa casa da rua da Gamboa, de parede com uma barbearia. Era uma casinha de dois aposentos, mas que os comportava muito bem. Quando um deles não suportava os maus fígados do outro, o que era freqüente, refugiava-se no aposento vago — o que passou a acontecer ainda mais assim que a barriga de Maria começou a crescer, fruto da pisadela e do beliscão no navio e das aventuras sob o cobertor.

A barriga tornava Maria lenta, pesada e impaciente. Não nascera para ser mãe e, como só tardiamente descobriu, nem para ser mulher de meirinho. Quando se imaginava abraçada por um homem, via-se sendo tomada por trás, enlaçada por braços fortes e morenos, cobertos de sereias tatuadas, e com lábios úmidos, roxos e fartos presos ao seu pescoço. Enfim, queria um bárbaro, um flibusteiro, um pirata — no mínimo um soldado, um homem de guerra. Mas o Pataca era meirinho, profissão que abraçara logo ao chegar ao Rio e que só ele considerava digna de fidalgos. Armado de uma intimação e envergando seu chapéu de plumas, sentia-se o funcionário mais alto e poderoso da Corte. Mal suspeitava que, aos domingos, quando eles subiam à rua do Jogo da Bola, no morro da Conceição, para assistir às lutas dos capoeiras, Maria sonhava em ser disputada por aqueles homens de peito nu e calças rasgadas — cada tesoura ou pernada de um deles valendo um beijo seu ou coisa melhor.

Em poucos meses, a pisadela e o beliscão se materializaram no menino Leonardo, que, pelas mãos de dona Felomena, nasceu emborcado, com o rabo virado para cima — e justo no momento em que, segundo a parteira, da janela via-se a Lua. Se nascer com o cu para a Lua fosse motivo de regozijo, Leonardo teria o resto da vida para se vangloriar. Mas foi pior para a Maria, que não achou a menor graça naquele parto doloroso, que durou 12 horas e a fazia gritar para o infante relutante:

"Sai, desgraçado! Some da minha vida e deixame com minhas intimidades, que tenho mais a fazer do que estar a parir putos!"

O filho finalmente veio à luz, saudável, robusto e esfomeado. Mas, coerente com seu temperamento egoísta, Maria não quis saber dele. Começou por tentar afogá-lo na pia batismal da igreja de Nossa Senhora da Saúde, do que foi impedida pela pronta ação dos padrinhos. Depois, recusou-lhe o peito, que logo secou, e Leonardo teve de mamar em peitos outros, da Gamboa e da Prainha.

Por sorte, graças a dona Felomena, conhecedora do conteúdo mamário de todos os úberes da zona portuária, não faltaram tetas a Leonardo para se esbaldar e crescer até mais do que seria normal. Talvez por isso, pela variedade de seios que lhe eram oferecidos — negros, brancos, pequeninos, espetaculares, redondos, em forma de pêra ou de jaca, pétreos como melões, fofos como pão-de-ló —, não lhe faltasse estímulo para aplicar sua boca a um mamilo e sugá-lo voluptuosamente sempre que a ocasião se apresentasse. Esta situação se prolongou até bem depois dos seus 7 anos, embora, já então, da parte de Leonardo, não tanto para fins lactários.

Por aqueles sete primeiros anos, enquanto Leonardo crescia, nu pela casa e com o dedo no nariz, os vizinhos acompanharam a floresta de chifres que Maria plantou à testa do bravo Pataca. A cada manhã, florescia uma nova galhada no meirinho. Em favor da adúltera, deve-se dizer que ela nunca faltou com o respeito ao marido. Dia sim, e o outro também, esperava que ele saísse para o trabalho. Ao vê-lo dobrar a esquina da rua do Aljube, contava até cem (para se garantir) e só então admitia algum de seus amores no recesso da alcova — quase sempre um soldado das milícias do major Vidigal.

Maria não queria saber se o gajo trazia as insígnias de cabo, soldado ou sargento. Era como se o que a atraísse fosse a farda azul, levando cruzado ao peito o talabarte vermelho, do qual pendia a espada, e as calças de lã justas, metidas para dentro das botas. Todas as manhãs havia um deles, adrede à espera na guarita do sentinela da Prainha, ali perto, aguardando apenas a passagem do Pataca rumo à cidade. Assim que o meirinho sumia de vista, o soldado ia bater à porta da mulher. (O sentinela se submetia à cumplicidade porque sonhava ser o próximo a se beneficiar dos beijos de Maria.)

À chegada do militar, Maria o recebia com uma caneca de vinho e dizia ao pequeno Leonardo que azulasse dali e fosse brincar no quintal. O garoto murchava as orelhas e obedecia. Mas, desde o dia em que foi atraído pelos grunhidos lúbricos vindos da janela e trepou em alguns caixotes para espiar pelas frestas, Leonardo nunca mais deixou de apreciar o espetáculo.

Enquanto Maria se distraiu com praticamente toda a guarnição do major Vidigal — a começar por este, que, em poucos dias, abriu mão dela para seus comandados —, o Pataca nunca soube ou desconfiou do que se passava. Suas turras com Maria tinham a ver apenas com Leonardo, o qual já estava revelando suas partes com o capeta. Por causa dele, Maria e Pataca viviam trocando bolos, socos, estraladas, dedos nos olhos e puxões de cabelo, o que lhes provocava pálpebras roxas e pisadas, dentes a menos e bochechas inchadas. Não que discordassem da criação do menino. É que este era tão enfurecedor que os dois, alterados pelo ódio, iam-se mutuamente às jugulares.

As arlequinadas do Leonardo não se limitavam a espanar os móveis e varrer a casa com o chapéu de plumas de seu pai, nem a rasgar os preciosos autos de intimação e fazer deles bandeirolas para as festas de junho e julho, isso quando não os atirava integralmente à fogueira — valendo-lhe do Pataca puxões de orelhas em que estas, inchadas, pareciam crescer ao tamanho de bandeiras de janelas. E nem mesmo a dar a língua aos clientes de seu padrinho, na barbearia do próprio, ou a puxar-lhes os rabichos dos cabelos enquanto eram barbeados, fazendo com que o pobre Quincas, sem querer, tirasse bifes à cara deles com sua navalha. Nesse caso, o padrinho o perdoava pela brincadeira, mas era Maria que fechava a mão em punho e premiava a cabeça de Leonardo com uma série de coques, cada qual, por si, capaz de fazê-lo ver estrelas.

Para se vingar, Leonardo esperava que, um dia, um dos granadeiros que se deitavam com sua mãe, ao tirar afoitamente as calças, deixasse as botas na sala antes de se trancar no quarto com ela. Então, Leonardo despejava-lhe cola de sapateiro pelo cano das botas e voltava para o quintal, para espiar pela fresta e esperar que, uma hora depois, o maganão reaparecesse para calçá-las. Quando isso acontecia, Leonardo sabia que uma senhora sova o esperava, aplicada por sua mãe — uma sova de vara untada com urucum e banha de cobra, para vergar sem quebrar. Mas o granadeiro ia se ver em apuros ao explicar para o major Vidigal por que chegara descalço ao quartel.

E, quando ainda quase ninguém o conhecia pelas ruas da Gamboa, Leonardo já era capaz de coisas que só os adultos se orgulhariam de fazer. Num entrudo de alguns anos antes, postou-se numa esquina, trepado numa pilha de caixotes, e aplicou-se em zunir com uma frigideira na cabeça de quem passasse por ali, fosse um granadeiro ou um vendedor ambulante de azeitonas; em seguida, escafedia-se, enquanto o outro se recobrava. O detalhe é que, desde pequenino, ele sabia — descobriu sozinho — que as frigideiras inglesas, de ferro fundido, eram melhores para aqueles fins do que as nacionais, que eram de cobre. E assim se davam os desassossegos na vida de Leonardo, todos provocados por ele, numa sucessão que parecia ter um capítulo novo a cada dia.

Até que, no dia dos seus 7 anos, Leonardo ganhou, como presente de aniversário, o insulto final de sua mãe: sem nem se despedir do filho e do marido, a cachopa fugiu de casa, da cidade e do país, de braço com o comandante de um paquete que prometera levá-la de volta para Portugal. Alguém foi contar a novidade ao Pataca na esquina de Quitanda com Ouvidor, e ele correu para o cais, apenas para ver o navio se afastando, com as velas que se enfunavam e esvaziavam como se estivessem rindo da sua desídia. Ao finalmente descobrir-se traído por Maria, o arrasado Pataca foi procurar consolo junto a uma cigana que lhe jurara amor eterno no campo de Sant'Ana, e só voltou à sua casa uma semana depois, para buscar seu dinheiro escondido sob o colchão. Mas a Maria o levara também, com colchão e tudo.

Quanto ao Leonardo, que pouco viu de seu pai depois disto, foi adotado de vez pelo padrinho barbeiro, o qual, como todos os fígaros, era também dentista e sangrador de profissão. E, como todos os padrinhos, cheio de planos para o afilhado. Sempre otimista, Quincas já antevia Leonardo sucedendo-o em suas especialidades, tornando-se, como ele, exímio no pente e na tesoura, no manejo dos alicates na boca dos clientes e na aplicação das bichas e ventosas sobre as doenças e feridas. E, se isso não desse certo, faria dele um padre, que o povo amaria pelo conforto aos humildes e pela sua opulência espiritual. Cego a tudo, porque o amor ao menino não o deixava enxergar, era como Quincas via Leonardo no futuro: um benfeitor de corpos ou um salvador de almas.

Mas Leonardo preferia ser como o Brasil: vagabundo, alegre, virador, esperto, sensual — e de que importava o futuro se o presente era tão generoso?

EM QUE A NOITE DO RIO PASSA A TER MIL OLHOS QUE NÃO OS DAS ESTRELAS E QUINCAS DESISTE DE FAZER DE LEONARDO UM SANGRADOR

Pelos quatro ou cinco anos seguintes, depois que sua mãe foi embora, não houve beco, rua ou praça do Rio que Leonardo não varejasse e em que não soubesse se achar mesmo de olhos fechados — reconhecia cada laje, pedra ou terreiro em que pisasse, pelos relevos do chão impressos no casco de seus pés descalços. E seu senso de aventura não media distâncias. Era tão íntimo da Tijuca, com seus mistérios de mata virgem, quanto do dédalo de vielas, com ares de mouraria, dos entornos da rua do Sabão. Sem trepidar, transitava das areias da praia do Caju, onde o senhor D. João tomava banho de ceroulas numa gaiola, às quebradas da Lapa e às escarpas azuis de Santa Tereza e da Glória. Nem os arrabaldes lhe eram estranhos — dominava São Cristóvão, de um lado; Botafogo, de outro; e os territórios quase bravios ao redor da lagoa do Freitas, ao pé do Corcovado. Para qualquer lado que se virasse no Rio, mar, cidade ou montanha, sabia por onde e para onde ir e o que fazer lá — nem tudo de acordo com a lei ou com a estrita moral.

Uma de suas pequenas transgressões era rondar com freqüência a casa da negra doceira Mãe Benta, um rés-do-chão na rua Estreita de São Joaquim. Ali, bastava-lhe esticar o braço para roubar um quindim, cocada ou pastel de nata, das centenas de gostosuras que ela fazia e deixava em bandejas perto da janela para esfriar antes de serem levadas pelos vendeiros. Ninguém fazia doces no Rio como Mãe Benta, mas Leonardo tentava não abusar. Confiscava apenas um de cada especialidade, e não muitas especialidades de cada vez, degustava-as com o maior carinho e nunca fora flagrado. Até o dia em que, ao chegar, viu de longe que dois outros moleques de rua também estavam assaltando os quitutes de Mãe Benta. Só que em grande quantidade e não apenas para comer — um deles queria convencer seu cachorro a engolir um naco da rapadura da doceira. Leonardo intrometeu-se na cena e, a socos e rasteiras, conseguiu dispersá-los. Mãe Benta chegou à janela e viu tudo. Aliás, foi quando viu Leonardo pela primeira vez.

Para mostrar sua gratidão, ela o convidou a entrar e deu-lhe para provar todas as guloseimas que reservava aos clientes especiais — um destes, o Paço Real — e que não se vendiam na rua. Leonardo entupiu-se de seus biscoitinhos de canela, broas de amêndoas meladas e pãezinhos de nozes e gengibre. E, para culminar, regalou-se com a obra-prima recém-inventada pela doceira: um bolinho dourado, feito de fubá de arroz, coco ralado, açúcar, manteiga e ovos, ainda sem nome, mas que, em pouco tempo, imortalizaria o nome de sua criadora — mãe-benta.

A partir dali, quando sentia vontade de adoçar o bico, Leonardo tinha só de ir à casa de Mãe Benta.

Ela o punha para dentro e lhe franqueava as bandejas, rindo e cantando sua quadrinha:

Mãe Benta, me fia um bolo?
Não posso, senhor tenente.
Os bolos são de iaiá,
Não se fia a toda gente.

Leonardo ainda visitou Mãe Benta algumas vezes, mas parte do encanto se quebrara. Bom mesmo era quando ele se servia pela janela, às escondidas, com a sensação de estar fazendo algo proibido. Aos poucos, deixou Mãe Benta de lado e, quando se sentia a fim de doces, passou a rondar o velho convento da Ajuda, perto do Passeio Público. Ali, da mesma forma, tinha apenas de estender o braço para surrupiar os pés-de-moleque, as barriguinhas-de-freira e as queijadinhas que as religiosas preparavam e deixavam perto da janela. Ou era o próprio Satanás, na pele de uma das freiras, que fazia isto para tentá-lo.

Um pouco mais inspiradora foi a atitude de Leonardo diante do Bitu, um pobre bebum, também negro, de idade indefinida, morador do morro do Castelo e que ninguém sabia como se sustentava. Uma tromba-d'água derrubara parte do morro perto da casa de Bitu, enquanto ele se deixara ficar lá dentro, desorientado pela bebida e paralisado de terror. Quando as águas se acalmaram, os meninos da vizinhança, entre eles o onipresente Leonardo, subiram o morro para exortá-lo a sair de casa, cantando:

Vem cá, Bitu, vem cá, Bitu
Vem cá, vem cá, vem cá
Não vou lá, não vou lá, não vou lá
Tenho medo de apanhá.

Bitu, ao ouvir falar em apanhar, e com a memória da chibata ainda viva na cacunda, escondia-se e ficava espiando pela gelosia de treliças quebradas — de fora, viam-se os seus olhos rubros, como dois torrões acesos, em meio ao negror do quarto.

Meses depois, Bitu morreu de morte natural, como uma vela que se apagasse com o vento. Ninguém se surpreendeu. Um vizinho o enrolou numa rede e dois negros desceram com ele pelo morro, seguidos por uma multidão de crianças silenciosas. Lá embaixo, numa capela da rua do Rosário, uma beata despiu-o dos trapos com que se vestia e costurou um casaco grosseiro em volta do seu corpo. E, como era o tempo dos enterros noturnos, esperaram o sol se pôr para começar o cortejo. Bitu foi colocado de novo na rede, levado a passos lentos para o cemitério da Misericórdia, ao lado da Santa Casa, e despejado numa vala em cima de outros negros que tinham sido jogados ali pouco antes. E só então o buraco foi coberto.

Leonardo, ocupado em desbravar a cidade, levou horas para saber da morte de Bitu. Saiu correndo para o enterro e só pôde presenciar essa última etapa. Mas fez isto cantarolando "Vem cá, Bitu", baixinho, para si mesmo, como se estivesse se despedindo dele.

Muitos desses hábitos, como o dos enterros noturnos e em cova rasa, não demorariam a ficar esquecidos no passado carioca. A vinda da Família Real começara a mudar a face do Rio. O intendente Paulo Fernandes Viana, encarregado geral da cidade, estava disposto a acabar com o ranço colonial e, em dois tempos, fazer do Rio uma capital digna de um reino, apta a receber as embaixadas estrangeiras, os fidalgos de outras cortes e a elite dinheirosa da metrópole — mesmo porque, agora, o Rio é que era a metrópole.

Viana parecia picado pelo bicho-carpinteiro. Começou por obrigar os proprietários a derrubar as gelosias de suas janelas — as platibandas de treliça que isolavam as casas do que se passava na rua e contribuíam para o ar abafado e doentio das habitações. No que as janelas se escancararam, o sol entrou pela primeira vez em suas salas e revelou, inclusive, as belas mulheres que elas escondiam. Dali, Viana desandou a demolir casebres, alargar ruas, alinhar calçadas, levantar pontes de madeira, construir chafarizes. E aterrar os mangues, para acabar com os gases pestíferos que emanavam deles e faziam com que muitos cariocas cheirassem rapé dia e noite para bloquear a fedentina.

Para Leonardo, toda essa azáfama era apenas a certeza de mais aventuras. Onde houvesse uma obra, um bota-abaixo ou qualquer burburinho, lá estava ele, com os olhos de ver. E sempre havia uma surpresa. Os charcos, por exemplo, eram rasos e podiam ser enxugados a balde pelos escravos. Quando se chegava ao fundo de um deles, encontravam-se corpos amarrados com pedras, em vários estágios de decomposição — alguns frescos, de gente assassinada e ali atirada há tão pouco que nem o major Vidigal, que de tudo sabia, dera pela falta. De tanto presenciar esses espetáculos, Leonardo cedo se habituou à idéia de que, no Rio, algumas pessoas matavam, outras morriam, mas era fácil continuar vivo, desde que não se tomasse partido por quem matara ou morrera.

Por ordens de Paulo Fernandes Viana, a cidade em boa parte se iluminou. Os largos e as ruas principais ganharam renques de lamparinas de azeite de peixe, pendurados em postes de pedra e cal. Os balcões dos edifícios públicos, quase todos, receberam candeeiros com velas de cera. Os comerciantes foram estimulados a pendurar luminárias nas portas dos estabelecimentos

— copinhos de cera colorida da qual saía um pavio que se acendia. A noite ganhou mil olhos que não os das estrelas — o dia ficou mais longo e isso começou a alterar os hábitos da população. A hora do jantar passou de meio-dia para cinco da tarde, que, no tempo dos vice-reis, costumava ser a hora da ceia. Esta foi jogada para as dez da noite e, com isso, muitas pessoas se acostumaram a ficar até horas mortas nas ruas — as comadres mexericando nas calçadas, os casais aos beijos nos freges, os homens batendo caneca nas tascas.

Mas, em certos lugares, nas servidões, nos becos e nas traseiras das tavernas, o breu continuou. Nas noites sem luar, quem quisesse andar a salvo por tais ermos ainda precisava guiar-se pelas estrelas ou munir-se de um archote ou lamparina. Sem eles, tanto se podia cair numa fossa de águas servidas quanto esbarrar com um escravo fugido de alguma fazenda, o corpo ainda ensangüentado, lanhado de umbigo de boi. Ou com um salteador embuçado, armado de faca ou punhal — e, em confronto com um desses, ninguém podia aspirar a uma vida longa. Os embuçados, na verdade, eram os únicos que se sentiam seguros àquelas horas. Ninguém se metia com eles, porque não se sabia quem eram ou se estavam armados e com o quê.

O Rio era o lugar mais perigoso do reino. Todos os dias morria alguém de garrucha ou bacamarte, ao gume de uma lâmina ou a um golpe de maça na cabeça. Mas isto, naturalmente, só se aplicava aos mais velhos — ninguém morria quando se tinha 12 anos como Leonardo. A cidade era dele. Cada palmo de chão, fosse de areia, terra batida, pé-de-moleque ou capim-tiririca, lhe pertencia.

Três anos atrás, quando ainda não sabia que seus planos para Leonardo eram feitos de fumaça, o padrinho Quincas tentara tirá-lo das ruas, obrigando-o a estudar. Para tanto, matriculara-o numa escola na rua da Vala, a cargo de um mestre que morava ali mesmo, num aposento dos fundos. Mas Leonardo e a gramática nunca se entenderam — entre outros motivos, porque ele matava aula pelo menos três vezes por semana e, nos dias em que comparecia, passava a maior parte do tempo de joelhos, sobre caroços de milho ou feijão, por não ter feito a lição. Ou soprando os bolos que o mestre lhe dispensava com a palmatória por perturbar a concentração da classe — que se compunha de outros dez ou 11 meninos, nenhum demonstrando a menor simpatia por Leonardo. O homem não lhe fazia sequer a caridade de dar-lhe os bolos na mão esquerda, para que pudesse continuar tentando escrever com a direita. E Leonardo já sabia o que o pedagogo esperava dos meninos que castigava.

Vira-o aplicar a palmatória na mão de um deles, gritando:

"Não chora! Não chora!"

E, quanto mais o garoto chorava, mais ele batia. Daí que Leonardo nunca chorou ao apanhar dele, mesmo quando cada golpe fazia com que sua mão inchasse como uma bexiga de Carnaval.

O espantoso é que, com tantos fatores do contra, Leonardo assimilou sem problemas o á-é-i-ó-u. Só se deu mal quando chegou a vez das consoantes. Empacou no efe — não saía do fá-fé-fi-fó-fu — e levou mais de um ano para chegar ao pê, quando empacou de novo. Fazia tanta força para desenhar os garranchos que sua pena de pato produzia um ruído de agonia ao contato com o papel — um grasnado espremido, como se estivessem torcendo o pescoço do próprio pato. Leonardo se impacientava, jogava longe o canhenho, a pena, o tinteiro, e já estendia a mão aberta para a enorme palmatória do pedagogo.

Em compensação, tinha uma vocação intuitiva para a aritmética. Somava e diminuía usando apenas a cabeça, sem precisar cantar a tabuada, sem mover os lábios em silêncio e nem mesmo contar nos dedos. Multiplicar e dividir não eram com ele, mas as duas primeiras operações, que eram as que realmente importavam, já não lhe guardavam enigmas. Por causa disso, o padrinho fazia vista grossa às suas perambulações e rechaçava todas as queixas contra o afilhado.

Um dia, três vendeiros do mercado da praia do Peixe foram a Quincas denunciar Leonardo por ter aspergido perfume sobre suas bancas de peixes e mexilhões alegando que eles fediam demais. No mesmo dia, uma senhora francesa, Madame Darrieux, que mantinha uma pensão para senhorinhas de fino trato no Livramento, também foi dar queixa a Quincas de que um menino, de quem se dizia ser seu enteado, entrara pela janela e levara as bombas de perfume de uma de suas hóspedes. Quincas negou que tivesse um enteado — e, como não tinha mesmo (Leonardo era seu afilhado), livrou-se da francesa. Mas reconheceu a culpa de Leonardo junto aos peixeiros e pagou-lhes o prejuízo, aproveitando para confiscar os frascos de perfume, que passou a usar na barbearia.

Nos dias seguintes, nenhum daqueles homens rudes, cujas caras ele tosquiava ou ensaboava, se queixou de levantar-se da sua cadeira cheirando como uma francesa. Ao contrário, gostaram tanto que duplicaram suas idas à barbearia, a ponto de Quincas ter de ir às boticas da rua Direita e comprar mais frascos de perfume. Quem se estranhou ao fazer isto foi o próprio Quincas. Sempre fora, até ali, um homem religioso e honesto, incapaz de uma mentira. De súbito, para salvar a face do Leonardo — ou por influência dele —, viu-se mentindo descaradamente e tirando partido dessa mentira.

Talvez por isso, Quincas pensou melhor e decidiu pôr de lado, ainda que por uns tempos, a hipótese de Leonardo sucedê-lo ou mesmo auxiliá-lo na tenda de barbeiro. Para cortar as gaforinhas ou raspar os queixos da clientela, ele talvez servisse. Mas, e os outros serviços que se esperava de um barbeiro, entre os quais o de dentista? Leonardo teria a delicadeza necessária para isto? A simples idéia de ver o mariola com os ferros aplicados aos dentes de um malfadado fazia-o sentir um calafrio, como se fossem os seus próprios dentes que corressem o risco. Ou, pior ainda, vê-lo aplicar uma sanguessuga à ferida de um paciente — mas equivocando-se de cliente e cravando a bicha às costas do acompanhante, e só se dando conta do engano depois que uma quantidade considerável de sangue do inocente já tivesse sido drenada pela lesma.

Para não falar nas sangrias. Ele próprio era um sangrador impecável, mas quem podia garantir que Leonardo não confundisse uma veia com uma artéria, aplicasse a esta a lanceta e, em questão de segundos, o infeliz se esvaísse até a última gota? Afinal, sangrava-se em todo lugar do corpo, exceto os sovacos e os calos, e por qualquer motivo — reumatismos, lumbagos, tumores, febre podre, catarro. O sangrador precisava ser quase um cirurgião, de tão exato e preciso, e era difícil imaginar o Leonardo se aplicando em qualquer disciplina que exigisse concentração.

Mas o fato que decretou o fim da carreira escolar de Leonardo foi a visita que ele e seu padrinho fizeram à casa do professor, por ordem deste, para ouvirem uma recriminação em regra sobre o comportamento do fedelho na escola. A intimação chegou por um moleque de recados, e o Quincas se comprometeu a ir com o menino. Leonardo, já sentindo o que o esperava, não queria ir, mas foi assim mesmo, levado a pulso pelo padrinho.

Lá chegando, Quincas foi convidado a sentar-se numa das carteiras da sala de aula, vazia àquela hora, e Leonardo, ordenado a esperar no quarto dos fundos, para o mestre fazer-lhe a caveira com mais liberdade. As acusações eram as esperadas: o pelintra não se aplicava, não queria nada, era o pior aluno da classe, nunca seria alguém na vida. Ao ouvir aquilo, Quincas já começava a acreditar que o pedagogo tomara assinatura contra seu garoto.

Sozinho no aposento ao lado, escuro e com as janelas fechadas, Leonardo descobriu maravilhado a criação de passarinhos do professor. Apesar da penumbra, podia ver gaiolas e mais gaiolas, de todos os tamanhos, cobrindo as paredes e abrigando uma formidável variedade. Eram canários, coleiros, sanhaços, tizius, melros, curiós, tico-ticos, bicos-de-lacre, periquitos e outras espécies que nem ele conseguia identificar. O cheiro era terrível, de gaiolas cujas bandejas não eram limpas quase nunca. Mas estranho mesmo era o silêncio. Os passarinhos pareciam jururus, de bico calado e asa arriada. Leonardo coçou a cabeça: como se explicava que, com aquela quantidade de pássaros, separados por uma parede da sala de aula, ele nunca os tivesse escutado cantar? Ou seria porque ia tão pouco às aulas que, nas vezes em que cantaram, ele não estava lá para ouvir?

Leonardo decidiu que os passarinhos do pedagogo não cantavam porque se sentiam infelizes naquele ambiente lúgubre. Assim, enquanto o homem se dedicava a desmoralizá-lo perante o padrinho no aposento contíguo, Leonardo começou por abrir as duas janelas do quarto, escancarando-as, e, em seguida, as portinholas das gaiolas.

Com um pequeno estímulo de sua parte, as dezenas, centenas de passarinhos iam deixando o cativeiro, em bandos — primeiro, assustados, mas logo encontrando o caminho das janelas e voando por elas, rumo à liberdade.

Na sala da frente, que era a de aula, o professor olhou casualmente pela sua própria janela e viu passar uma nuvem de pássaros. Julgou reconhecer alguns — e que história era aquela de pássaros de espécies diferentes voando juntos? E só então acordou para o que acontecia. Correu para a porta de trás, abriu-a de supetão e ainda flagrou Leonardo despachando o último tuí ou maracanã para fora de casa.

Depois dessa, Leonardo nunca mais viu uma lousa pela frente. Nem uma palmatória. E nem o pedagogo.

Em que Pedro é atraído para a toca de Bárbara dos Prazeres e Calvoso leva os primeiros tapas na cara

Leonardo observou quando o menino da sua altura e idade, mas distinto e bem vestido, entrou no beco que começava no arco do Telles. Não que Pedro estivesse trajado a caráter, com pompas de príncipe ou de militar, e nem a Corte portuguesa, no dia-a-dia, se vestia com luxos majestáticos. Ao contrário, nesse ponto era de uma simplicidade quase de esmoleiro. Além disso, Leonardo não sabia quem ele era, nem tinha como saber. A efígie de Pedro ainda não chegara às moedas. Os poucos retratos em que ele aparecia estavam nas paredes de palácios a que os súditos não tinham acesso. E, nas cerimônias públicas, na varanda do Paço, nas raras vezes em que surgira ao lado de seu pai, o povo só o vira de longe. Donde Pedro, se quisesse, podia circular livremente pelos domínios de D. João sem o risco de ser reconhecido e sem ter de dar a mão a beijar, como estava acontecendo no beco do Telles.

Para completar, estava de cabeça descoberta e com roupa mais apropriada para seu ambiente favorito: as estrebarias do Paço ou da Quinta. Era ali, entre os oficiais e suboficiais da Cavalaria, que ele se sentia mais em casa. Os cavalarianos o tinham ensinado a montar e o tornado um deles — alguém para quem os cavalos já eram quase como irmãos. Antes mesmo de montá-los, sabia quais iriam tentar jogá-lo ao chão, mesmo porque eram os que ele preferia: os xucros e bravios. Mas nenhuma alimária o jogava ao chão mais de uma vez.

À falta dos soldados, Pedro não desprezava os cavalariços e palafreneiros, os serviçais das cocheiras, com quem passava a maior parte dos dias. De certa forma, até os preferia: gostava de suas anedotas escabrosas, aprendia seu rico estoque de palavrões e até os tocava e se deixava tocar fisicamente. Às vezes, de galhofa, rolava com eles pelo esterco em luta corporal, indiferente ao fato de serem negros ou caboclos pobres — gente que a princesa sua mãe classificava como "de ínfima plebe". Ao fim do confronto, com todos igualmente sujos, era difícil dizer quem era quem. E Pedro sempre ouvira dizer que trabalhar com as mãos era coisa de escravos, mas aqueles eram os momentos de que ele mais gostava nas cavalariças — levar ferraduras à brasa para malhá-las, ferrar ele próprio seu cavalo ou os cavalos dos outros, e se orgulhar de fazer isso melhor do que todos.

Era também com eles que, às gargalhadas, Pedro cantava ou declamava as últimas cantigas vindas de Lisboa — como uma que zombava das repetidas tentativas de invasão de Portugal pelos franceses naquela época, quase todas baldadas:

Carregados de cabras e de latas
De longas ferrugentas escopetas
Embrulhados nas sórdidas roupetas
Aqui os vi entrar quase de gatas.

Quando sabia que iria para o Paço com seu pai, Pedro vestia roupas simples: poucas jóias, colete de cetim escuro, camisa de seda clara, calças abaixo do joelho e botas pretas. Era como estava vestido naquele dia — nada que chamasse a atenção pelo luxo. O que o distinguia é que suas roupas eram de qualidade e estavam limpas, daí ser inevitável que se destacasse na ralé que transitava pelo beco do Telles.

O garoto vagava entre as casas com altivez, mas via-se que assuntava o terreno e que este não lhe era familiar. O beco, uma velha viela em curva parecendo conter todo o hálito do mar vizinho, era um valhacouto de mercadores, biscateiros, escravos, contrabandistas, imigrantes sem trabalho e mercenários de origens várias, inclusive alemães e irlandeses — todos vindos no rastro da Corte. Num raio de 50 metros, ouviam-se dez línguas diferentes, fora os dialetos africanos.

Ao passar pelas portas abertas das casas, de ferrolhos devorados pela maresia, Pedro podia ver, lá dentro, gente de cócoras ou em tamboretes comendo com as mãos, levando à boca dedos de feijão com farinha e depois os lambendo. Ao seu redor, agitava-se um comércio rastaqüera, que não se julgaria possível tão próximo do palácio, mas funcionava todos os dias do ano: amoladores de facas, vendedores de vassouras, açougues com galinhas vivas penduradas à porta. Havia também uma grande população aérea, na forma de gaivotas que pescavam nas proximidades e faziam suas abluções ali mesmo, em pleno vôo, disparando sobre cartolas e cabeças sem o menor critério e parecendo grasnar de satisfação a cada jato.

Pedro seguiu pelo beco até o fim deste, na praia do Peixe, quando Leonardo o perdeu de vista. Pouco depois, voltou em direção ao arco, sempre olhando para tudo com grande interesse. Leonardo, comendo uma pitanga que furtara de um ambulante, viu quando ele reapareceu.

Leonardo não era o único no beco a estar de olho em Pedro. Um homem, João Calvoso, muito magro, de rosto feito a faca, lábios escuros, olhos fundos, cabelo preto e ensebado, casaca também preta e ensebada, tamancos, colete vermelho e pernas finas dentro das calças justas, observava-o com interesse ainda maior. Calvoso também não o identificara, mas sabia que ali havia uma possibilidade de ganho. Mesmo de longe, quase podia avaliar o anel que Pedro trazia na mão direita, com uma pedra brilhante incrustada, e um medalhão escuro ao pescoço, talvez sem valor, mas atado a uma corrente de ouro — jóias que lhe renderiam bons cruzados e algumas patacas num receptador de sua confiança na rua da Alfândega. Calvoso, trinta anos presumíveis e pilantra de profissão, podia ser um personagem de ficção, de Swift ou Fielding — um vilão repulsivo e óbvio, só insuspeito para alguém muito verde como Pedro, pouco ilustrado na literatura do período.

A distância, Leonardo viu quando Calvoso abordou o menino e começou a sussurrar alguma coisa que este, depois de um momento de hesitação, pareceu escutar com um lampejo nos olhos. Era evidente que o velhaco amanhava uma possível vítima para o abate. Mas ele, Leonardo, não tinha nada com isso. Se o menino frajola não percebia que Calvoso era um vigarista, é porque devia ser muito ingênuo. Além disso, estávamos no entrudo, época em que todo mundo, mesmo que já esperto no resto do ano, precisava ficar esperto e meio.

Se estivesse um pouco mais perto, Leonardo saberia que Calvoso estava falando a Pedro sobre Bárbara dos Prazeres, uma mulher que morava bem ali defronte, no primeiro sobrado do beco, à direita, logo depois do arco. E que, como dizia o nome, era alguém que um rapagão como Pedro, impetuoso, forte, cheio de vida, na flor de seus — "Quantos anos?", Calvoso perguntou; "Quinze", mentiu Pedro — precisava conhecer. E que ele, Calvoso, teria muito prazer em levá-lo e apresentá-lo a Bárbara, um favor que não custaria nada ao menino — porque Bárbara, que era amiga dele, saberia recompensá-lo.

Bárbara dos Prazeres! Pedro ouviu aquele nome, que nunca tinha escutado antes, e espirais coloridas giraram dentro de sua cabeça. Via-se realizando o que já fazia em sonhos e fantasias, exceto que sua parceira não seria uma das donzelas douradas da Corte, com seus vestidos ornados de ouro e prata, plumas no cabelo, pérolas e brilhantes a granel e espartilho preso com atacadores, tão apertado e justo que era impossível introduzir a mão para acariciar seus peitinhos. Era o que Pedro tentava fazer com as meninas pouco mais velhas do que ele, filhas ou netas dos cortesãos em visita à Quinta, quando ele as convidava para os desvãos do palácio ou para os fundos da cavalariça. Seria diferente também das mucamas, cujas bundas ele gostava de beliscar, até que um dos fâmulos ensinou-lhe que manuseá-las sem violência era muito melhor. Ali, no beco do Telles, pelo que aquele homem lhe prometia, Pedro antevia em Bárbara dos Prazeres um corpo quente, farto e moreno, dentro de um vestido vermelho, com flores no cabelo, um xale sobre os ombros e, quem sabe, um leque para esconder os olhos, num donaire de falsa modéstia.

Pedro se dispôs a entrar no prédio e acompanhar Calvoso pela escada que levava à sua amiga Bárbara. Leonardo observou quando, com um gesto, o estafermo fez sinal a um jovem cúmplice na outra calçada, para que esperasse e subisse pouco depois. E, ali, Leonardo entendeu tudo. O sobrado do beco do Telles, para onde Calvoso levava o garoto, era a morada de Bárbara dos Prazeres. Ou Bárbara "Onça", como rezava a lenda, por sua suposta ferocidade. O último lugar no Rio a que um garoto inexperiente deveria subir.

Para todos os efeitos, ela era uma prostituta — ou tinha sido, até algum tempo. E não uma qualquer, mas a rainha das prostitutas do beco do Telles, que, à noite, convertia-se num dos pontos mais mundanos do Rio. Dizia-se que Bárbara fora uma jovem de ofuscante beleza em Portugal e que, depois de muitas folias ultramarinas, viera de lá casada, aos 20 anos, em 1790, para que seu marido assumisse um importante cargo no vice-reinado do conde de Resende.

Ao chegar ao Rio, chamava-se Bárbara Vicente de Urpia, que era o sobrenome do marido ilustre, Antonio de Urpia, fidalgo ligado à administração na Corte da rainha, dona Maria I. E, entre suas folias em Lisboa, incluía-se um caso com uma altíssima figura do reino — caso este que, pelo que se contava, não podia ter futuro, por razões de Estado, apesar da mansa aquiescência do marido. Era o que se dizia. E, por isso, antes que ela ousasse reivindicar qualquer coisa de mais sério, foi preciso afastá-la da cena, daí a vinda do casal para o

Brasil. Um doce exílio, uma vida *en beauté*, cercada de todas as regalias — ou pelo menos, foi o que seu amante proibido lhe prometeu.

Aqui chegando, Bárbara e Urpia foram morar na Glória, e logo se tornaram as novas sumidades dos salões da cidade. Para muitos, o desembaraço e a beleza de Bárbara lembravam a marquesa de Merteuil, personagem do folhetim *Les liaisons dangereuses*, de Choderlos de Laclos, que muitos já tinham lido no Rio. Seria ela tão ardilosa e libertina quanto a marquesa? E, nesse caso, Urpia seria como o visconde de Valmont, que, no romance, era ainda mais *sans merci* do que ela?

A realidade provou que não — porque, em menos de um ano, Bárbara apaixonou-se por um belo mulato que conheceu numa serenata e, por causa dele, matou o marido, cravando-lhe um espadim na nuca durante o sono. Na novela de Laclos, a marquesa de Merteuil jamais se apaixonaria por ninguém, e muito menos por um oriundo da *canaille*. Não que não fosse sensível o suficiente para matar — mas era cruel demais para amar.

O escândalo provocou um sismo no Rio e na própria Corte em Lisboa. Mas a culpa de Bárbara nunca ficou provada. Na verdade, não foi sequer cogitada. Em seu lugar, foi acusado pelo crime e enforcado um cigano, recolhido meio ao acaso no campo de Sant'Ana, onde havia um bando deles. Mesmo assim, os rumores circularam e, pelo menos oficialmente, Bárbara caiu em desgraça no círculo do vice-rei e dos nobres do Brasil. Sem querer (ou poder) sair do Rio, foi exilar-se no Catumbi com seu mulato. E, como era de seu temperamento, tempos depois matou também o cabrocha, e da mesma forma.

Estranhamente, o novo crime também nunca lhe foi imputado — era como se alguém muito alto e poderoso a protegesse. E, mais uma vez, outro cigano foi responsabilizado e morto pelo crime. Bárbara continuou livre, mas, já agora, sem vintém. Passou então a fazer comércio de sua beleza e de seu corpo, entregando-se aos antigos pares de seu marido e que ela sabia que a comiam com os olhos nas recepções — governadores, ministros, juristas, financistas, diplomatas, bispos. Foi morar na elegante rua do Lavradio, onde somente os maiorais do vice-reino a visitavam (clandestinamente). Ficou rica, mas gastava tudo, não ligava para o futuro. Para piorar, um desses nomes empolvilhados passou-lhe o pior inimigo que ela poderia temer: sífilis.

Os anos se seguiram e, aos poucos, num processo lento e silencioso, a doença começou a corroer-lhe a razão. A princípio, ninguém percebia — mas era como se uma outra mulher, que não ela, estivesse saindo dos escaninhos de sua alma e se apoderando de seu ser. E sua beleza também acusou os primeiros sinais de desgaste. Os clientes foram rareando e, um dia, só restou a Bárbara fazer seu ponto no arco do Telles, entre as francesas, ciganas, mulatas e saloias. Foi quando se tornou Bárbara dos Prazeres. Não apenas pelos prazeres que vendia, a dois vinténs, para qualquer um, mas por uma imagem de Nossa Senhora dos Prazeres, que ficava bem debaixo do arco e que ela adotou como sua protetora.

Mas, então, outras histórias já começaram a correr a seu respeito. Histórias de fúria predatória, que lhe valeram também a alcunha de Bárbara "Onça", pelos rios de sangue jovem que escorreram sobre seu corpo.

Com Calvoso à frente, Pedro subiu os quarenta degraus de escada do sobrado, rumo à toca de Bárbara dos Prazeres. A madeira, muito gasta nos lugares onde os pés se encaixavam, traía a idade do prédio, tão velho quanto as fundações apodrecidas dos trapiches ali perto. Calvoso pediu-lhe que esperasse no meio da escada enquanto ele fosse avisar a Bárbara que ela tinha visita. Pedro concordou, mas, ao ser deixado sozinho, teve um vislumbre de suspeita. Pensou em ir embora, em voltar para a rua, mas o outro homem — um rapaz chamado Fontainha, que trabalhava com Calvoso — surgira na porta lá embaixo e também fazia menção de subir, como que bloqueando a passagem. O minuto seguinte levou uma hora para passar, até que Calvoso reapareceu no alto da escada e chamou Pedro. Mandou-o entrar e disse que Bárbara o esperava no quarto ao fim do corredor.

O cheiro de bolor era asfixiante, o corredor, muito escuro, e eram tantas as portas que Pedro, mesmo tateando, quase abriu uma porta errada. Não faria diferença, porque os quartos estavam vazios, exceto o último, de onde, em meio à treva, uma voz jovem e melodiosa e, mesmo assim, senhorial o chamou:

"Vem, rapaz. Como te chamas?"

Pedro já ia balbuciar, "Pedro de Alcântara", mas algo o alertou e o fez limitar-se a seu primeiro nome. Em resposta, a porta gemeu nos gonzos com um ruído quase imoral quando ele acabou de abri-la. Apesar da escuridão, podia ver que o quarto era quase sem móveis, exceto por uma cama no fundo do aposento, onde, por um fio de luz que entrava pela gelosia, delineava-se o vulto de uma mulher recostada.

"Vem, Pedro. Chega-te a mim", ela disse.

Na voz de Bárbara dos Prazeres havia uma certa tristeza, uma música de antigas cantigas tocadas por *cellos* e violas. Ao ouvi-la, Pedro percebeu que suas partes baixas estavam inchando e pressionando suas calças e as calçolas dentro delas. Pela primeira vez, estaria a sós com uma mulher de verdade — e se deitaria com ela.

Mesmo assim, aproximou-se da cama aos poucos, como se temesse pisar numa tábua solta ou chutar um *pot de chambre*. Quando Pedro, enfim, chegou mais perto, a mulher esticou o braço e o puxou para ela, com força quase sobre-humana. E, só então, ao cair sobre o corpo de Bárbara dos Prazeres, ao sentir o cheiro e a tessitura de sua pele e ao ver de perto o espetáculo de seu rosto, é que Pedro descobriu que caíra numa cilada.

Leonardo conhecia a horripilante lenda de Bárbara dos Prazeres. Dizia-se que, ofendida com a preferência dos homens pelas prostitutas mais jovens do beco do Telles, ela consultara os feiticeiros e pajés do Rio em busca de uma receita que eternizasse sua beleza e juventude. Eles a teriam instruído a chicotear-se com feixes de erva-das-sete-sangrias, só encontrável nos mangais, e a se banhar com sangue humano — de preferência, de crianças vivas.

A partir daí, espalhou-se que, se muitos meninos pobres, filhos de mendigos ou de escravos, estavam desaparecendo das ruas, era porque vinham sendo atraídos e capturados por Bárbara dos Prazeres — que os pendurava numa árvore com as mãos amarradas às costas, de cabeça para baixo, e, com um talho na veia do pescoço, fazia-os sangrar até a morte sobre sua cabeça e seu corpo nu. Por coincidência ou não, as freiras da roda dos expostos da Santa Casa, onde bebês indesejados eram deixados para adoção, também notaram que o número de crianças ali abandonadas caíra a menos da metade. E só podia ser porque Bárbara ficava de vigília e os capturava assim que eram largados por suas mães.

Nunca se soube onde Bárbara realizava suas cerimônias macabras ou por que ninguém jamais escutara os gritos dos infelizes. Ou onde enterrava os corpos dos meninos e meninas que sacrificava — falava-se do grande mangue no caminho para São Cristóvão. Não importava. Com o decorrer dos anos, sua lenda só fez crescer. Os sacrifícios deixaram de se limitar a crianças. Passaram a incluir cães, gatos e cabritos, que ela degolava e cujo sangue também fazia escorrer sobre sua pele. Alguns juravam ter sido convidados por ela a comer esses animais dessangrados — e aproveitavam para contar que ela também se alimentava de cobras, sapos e lagartixas. O fato é que, dizia-se, os sacrifícios teriam compensado: Bárbara estava convencida de que seria jovem e bonita para sempre. E também eterna, como a deusa egípcia Ísis, que se banhava no fogo sagrado para nunca decair ou morrer.

Quando viu o rosto da mulher sobre quem fora deitado a força, Pedro deu um grito. Não era um rosto, mas uma caricatura, uma máscara de talco branco, como as do teatro, com os lábios em vermelho vivo ressaltados na cena escura. Os braços eram finos, mas surpreendentemente fortes, e, com as duas mãos em garra, como tenazes, entrelaçadas na nuca de Pedro, ela o puxou com violência para si, para beijá-lo na boca. Pedro se debateu com nojo, tentando desprender-se e manter o rosto a distância, mas não a tempo de evitar que Bárbara, entre resfolegos e incongruências de prazer, o beijasse e o babujasse de pintura na boca, nas bochechas e até no nariz. Pedro custou, mas valeu-se de sua juventude e desvencilhou-se. Pulou para fora da cama e ficou de pé, trêmulo, também sem fôlego, tentando recobrar-se. O que enrijecera dentro das calçolas murchara instantaneamente. No meio da agitação, julgara identificar na mulher uma aura de putrefação que às vezes sentia em cachorros doentes e cavalos velhos, que pareciam já ter morrido antes do suspiro final.

"Não me queres, Pedro?", disse Bárbara.

Pedro não conseguia nem responder. Era sua primeira vez com uma mulher, e tinha a sensação de que seria a última. Mas Bárbara dos Prazeres já não era bem uma mulher — tinha apenas 40 anos e aparentava o dobro. Era esquelética como uma bruxa de romance gótico e sua pele grossa e encarquilhada parecia estar se descolando dos gravetos secos que haviam tentado se agarrar a Pedro. Da mulher que não encontrara quem lhe resistisse nos dois lados do Atlântico, só restara a voz tão musical, demoniacamente jovem.

Talvez por isso — por apenas ouvir a própria voz, e por ter quebrado os espelhos para nunca mais se contemplar neles —, sua loucura a fazia imaginar-se com eternos 20 anos. Também por ter quebrado os espelhos, Bárbara não se via ao se pintar, o que a fazia abusar da quantidade de pó e errar a boca ao tingi-la de vermelhão. Seu cabelo, que, no passado, lhe descia pelas costas em grandes ondas cor de mel e permitia que dois homens se perdessem dentro dele ao mesmo tempo, era agora uma fieira de palha cinza, rala e estorricada.

Por ainda se julgar jovem e deslumbrante, Bárbara não entendia por que seus dias eram tão longos e vazios, atirada àquela cama, sozinha, sem ânimo para se levantar e para sair. Ao mesmo tempo, ninguém mais a procurava ou parecia sentir saudades de seus seios e de embarafustar-se por seu ventre. Os únicos homens que ela via eram Calvoso e Fontainha, principalmente este, quando ele ia a seu quarto uma ou duas vezes por dia e lhe dava algo de comer. Nada daquela dieta exótica de magia negra, de crianças e de animais que se acreditava que ela degolava. Mas uma corriqueira carne-seca com feijão; ou uma insípida canja de papagaio — porque galinha, segundo Calvoso, era muito caro para uma velha louca —, tudo preparado por Fontainha, sem nenhum jeito para a coisa. Mas Bárbara não se queixava.

Ninguém, nem Calvoso, sabia direito como Bárbara se sustentava. Havia muito que já não era prostituta e nunca se sujeitara a mendigar. De onde, então, vinha o seu sustento? De gente que não se sabia e que nunca se via. De tempos em tempos, alguém lhe mandava um saco de moedas — cruzados suficientes para mantê-la por meses —, sempre por um emissário anônimo e apenas quando era certo que ela estivesse sozinha em casa. Calvoso conhecia esse arranjo, mas já desistira de interrogar Bárbara a respeito. (Mesmo para ela, era como se só a pensão existisse, não mais o benfeitor.) Calvoso e Fontainha limitavam-se a administrar o dinheiro, comprando comida para Bárbara e preocupando-se em mantê-la viva, para não interromper as remessas — porque eles também se beneficiavam delas.

Calvoso e seu assecla moravam com Bárbara, protegiam-na e a vigiavam. As janelas, ele trancara com pregos, para que Bárbara, num surto de insânia, não se chegasse a elas e fizesse um escândalo — como no dia em que, tomada por triste desnorte, gritara para as ruas que sua tiara de safiras e diamantes, que lhe teria sido dada por seu amante em Lisboa, desaparecera.

O primeiro a se assustar foi Calvoso. Ele nunca ouvira Bárbara falar de tal tiara. Quando viu a multidão aglomerar-se lá embaixo, desceu à calçada e custou a convencer a vizinhança de que não era nada, que Bárbara estava apenas alterada e confusa. Em novas ocasiões, Bárbara voltou a falar da tiara, mas sem causar distúrbios. Limitou-se a escarafunchar suas roupas e esvaziar os armários, procurando repetidas vezes por ela, sempre em vão.

Na maior parte do tempo, Bárbara era apática e passiva. Mas podia acontecer de sua cabeça viajar ao passado e, horas depois, ela voltar arrogante e rebelde. Nesse caso, Calvoso a ameaçava com o Vidigal. Dizia que ia chamá-lo para prendê-la — e ela, como todas as prostitutas, apavorada pela simples menção do nome do major, se acalmava em um segundo. De raro em raro, quando a sentia mais triste, Calvoso lhe levava um velho bêbado ou um mentecapto indefeso para servi-la — e, aos olhos dela, esses amantes ineptos eram como se fossem os potentados que se atiravam aos seus pés nos áureos tempos.

O caviloso Calvoso não fazia isto por devoção. Morando com Bárbara, não pagava aluguel e, do dinheiro que ela recebia, sempre lhe sobravam alguns tostões para o tabaco ou para alguma necessidade premente. Além disso, usava as instalações como fachada para seus vários interesses, todos escusos. O principal era o contrabando de pedras preciosas, desviadas de minerações clandestinas diretamente para seu bolso — e, dali, estocadas em um pequeno esconderijo num dos móveis de Bárbara, à espera da chegada do navio que as levava para a Europa. Na verdade, Calvoso era apenas um elo de uma rede de traficantes, cada qual cuidando de uma mínima quantidade, de modo que, se um deles fosse preso, o grosso da operação continuaria incólume. Seu volume de negócios era pequeno, daí que, vez ou outra, tinha de se dar à pachorra de cometer delitos leves, como furtos e assaltos, para complementar a féria. A armadilha para Pedro era um desses — só que resultou numa dimensão que ele nunca poderia adivinhar.

Sua vítima era uma criança, ele sabia, mas bastava olhar para ver que era de origem fidalga ou cheirando a brasões. Algum lucro o achaque lhe renderia. Ao fazer a crueldade de jogar Pedro nos braços de Bárbara, Calvoso queria apenas abater o moral do guri. Sabia que fugiria do quarto espavorido e, ao ser "socorrido" na sala por ele e por Fontainha, ficaria tão assustado e grato que entregaria de bom grado o que eles exigissem — o anel e o medalhão.

"E não fale a ninguém sobre isso", ameaçaria Calvoso, "se não quiser morrer".

Como previsto, Pedro surgiu na sala amarfanhado, pálido e com os caracóis do cabelo ainda mais revoltos, como que tendo fugido de um espectro. Fez menção de que ia zunir degraus abaixo, mas Calvoso e Fontainha, lado a lado, fecharam-lhe a passagem no topo da escada. Só que, então, o panorama se alterou.

Pedro podia ter medo de uma mulher — ou, pelo menos, daquela mulher —, mas não de homens. E era com isto que Calvoso não contava. Pelo porte dele, o crápula devia ter percebido que não estava diante de um simples menino assustado. Sem que ele soubesse, ali estava um príncipe, um Bragança. Por isso não entendeu quando Pedro, com voz firme e sílabas sólidas, encarou-o:

"Como ousas, biltre, mentir-me desse jeito?"

E, com uma autoridade de quem estapeava súditos e serviçais havia três ou quatro séculos, Pedro desferiu com a mão aberta um bofetão que estalou no rosto de Calvoso e o pôs em fogo instantaneamente.

Calvoso ficou tão sem ação que ainda levou outros quatro ou cinco bolos dados por Pedro nos dois lados do rosto antes de despertar para a situação. E só então, ferido e irado, avançou sobre o menino para tentar imobilizá-lo e tomar-lhe o anel e o medalhão. Este foi logo arrancado, porque Calvoso usou-o para puxar Pedro em direção ao chão.

Por ser mais velho e experimentado, Calvoso conseguiu jogar Pedro ao solo e imobilizar seu braço direito, enquanto Fontainha, de joelhos, tentava tirar-lhe o anel. Mas Pedro trouxe a mão de Fontainha para perto de seu rosto e, ao ver um dedo sobrando, cravou-lhe os dentes de comprido. Era o mindinho da mão direita do esbirro. De uma só dentada, os caninos de Pedro cortaram-lhe um pedaço da carne e os molares se encarregaram de esmigalhar-lhe a falange, a falanginha e a falangeta.

Fontainha deu um uivo de dor, daqueles que se julgam impossíveis de dar. Um uivo que surpreendeu o próprio Calvoso e fez com que, por um momento, ele afrouxasse a pressão. Pedro aproveitou para se levantar correndo e, enquanto cuspia fragmentos do dedo de Fontainha, passou como o vento pelo meio da dupla e disparou pelas escadas, fazendo grande barulho com suas botas.

Ao dar à rua, pareceu indeciso por um segundo, sem saber para que lado se virar.

Uma voz o fez definir-se:

"Por aqui. Vinde comigo!"

Era a voz de Leonardo.

Até poucos minutos antes, Pedro e Leonardo nunca se tinham visto. E, se a Terra fosse plana e sustentada por elefantes, como muitos ainda acreditavam, era para jamais terem se encontrado. Príncipes herdeiros não circulam por vielas com cheirume, nem semi-órfãos ou enjeitados, como Leonardo, têm acesso aos bronzes e cristais da nobreza, exceto para espaná-los. Embora flanasse pelas imediações do Paço, Leonardo não tinha o que fazer em palácio e, caso um dia resolvesse cruzar os portões para o beija-mão do regente, seria talvez admitido, mas não antes de um severo escrutínio pela guarda. E agora, sem que ele soubesse, o príncipe fora ao seu encontro e iria precisar dele.

Leonardo tomou Pedro pelo braço, e ele, com instintiva confiança, deixou-se levar. Embrenharam-se por uma servidão defronte ao prédio e saíram na rua Direita. Atravessaram-na em velocidade, esquivando-se dos cavalos, e se misturaram aos transeuntes na outra calçada. Oito quarteirões depois, entraram na rua da Candelária e chegaram ao que parecia ser um prédio abandonado nos fundos da igreja.

Subiram três lances de escada, postaram-se a uma janelinha no sótão e, com as torres da Candelária à sua esquerda e a ilha das Cobras à direita, Leonardo foi taxativo:

"Aqui estamos a salvo. Temos visão perfeita de tudo ao redor e ninguém nos vê."

E só então deram uma risada, numa explosão de alívio, orgulhosos por terem enganado um adulto.

"Quem mora aqui?", perguntou Pedro.

"Ninguém", disse Leonardo. "Acho que pertence à igreja. Descobri esse lugar por acaso, no sábado de Aleluia do ano passado, quando entrei num grupo que estava malhando o judas na rua do Hospício. O judas tinha a forma do major Vidigal. Já tínhamos enforcado e estripado o boneco, e íamos botar fogo nele quando, de repente, quem nos aparece, de chicote na mão? O Vidigal. Ele e seus homens. Muita gente apanhou, mas saí correndo pela rua e, quando me dei conta, estava aqui nesta janela. Desde então, venho para cá quando quero dormir ou me esconder. Calvoso e aquele outro sujeito nunca nos encontrarão."

De qualquer maneira, o perigo já passara, porque Calvoso e Fontainha, no sobrado do beco do Telles, nem ensaiaram correr atrás deles. Tinham se deixado ficar ali mesmo, no alto da escada, cada qual ponderando a seu modo a situação. Fontainha, já arrependido de se ter metido naquela história, soprava o dedo do qual Pedro tirara um naco. Calvoso, com o rosto ridiculamente escarlate pelos tapas, sopesava o cordão de ouro que arrancara ao pescoço de Pedro. Com sua tarimba, já fazia os cálculos de quanto ele lhe poderia render.

Quanto ao medalhão verde-escuro preso ao cordão, parecendo de chumbo ordinário, não fazia muita fé no seu valor. Talvez por não perceber que, sob as camadas do tempo, ele trazia as armas do príncipe real.

Em que o autor descreve as afinidades
entre Pedro e Leonardo e as diferenças entre
o príncipe e seu irmão Miguel

Leonardo também ainda não se dera conta de que o menino ao seu lado era ninguém menos que o príncipe D. Pedro. E nem poderia, porque nunca o vira, nem mesmo no dia da chegada da Corte, dois anos antes. Como todo o Rio naquela gloriosa data, 7 de março de 1808, ele fora para a rua assistir à movimentação. Abrira caminho entre os ombros e as pernas da multidão e conquistara um sítio privilegiado, aboletado sobre o chafariz de mestre Valentim, no largo do Paço, a menos de 100 metros do desembarque. Mas a descida dos navios fora atribulada, ao som dos tiros de canhão, das bandas de música e do repique dos sinos de todas as igrejas da cidade. Era difícil dizer quem era quem entre os que desciam dos navios, e muitos nobres de coxas grossas e ventre em bola foram confundidos com D. João — um deles, o marquês do Pedregal, que recebeu delirantes aclamações de "Viva el-rei!" e, vivaldino de marca, fez mesuras para o povo como se fosse o próprio.

Leonardo estava de olho apenas nas infantas, Maria Isabel, Maria Francisca e Isabel Maria, que alguns, mais realistas que o rei, diziam ser belíssimas. E até se comoveu ao saber que, durante a travessia, elas tinham sido atacadas pela inenarrável colônia de piolhos que infestava o *Afonso de Albuquerque*, no qual haviam sido embarcadas, e, por isso, tiveram as cabeças raspadas no navio. Mas, quando passaram perto do chafariz, quase sob o seu nariz, Leonardo se decepcionou — despiolhadas ou não, e mesmo de perucas, eram assustadores trubufus. Quanto a Pedro, se também passou ao alcance de seus olhos, Leonardo não o identificou.

Pedro e Leonardo, vindos à luz no mesmo mês e ano, outubro de 1798 — Leonardo, apenas alguns dias mais velho —, não podiam ser mais diferentes nas origens. Pedro nascera no palácio de verão da Família Real, em Queluz, perto de Lisboa, num quarto com *parquet* em mosaico, colunas espelhadas do chão ao teto e paredes decoradas com quadros a óleo inspirados em *Don Quixote*. Nas paredes do quarto do bebê Leonardo, na rua da Gamboa, no Rio, as únicas imagens notáveis eram as infiltrações de água entre as pedras das paredes — grandes manchas úmidas na argamassa de pó-de-peixe. Ao vir ao mundo, o príncipe Pedro foi logo enrolado em panos finos, mornos e cheirosos. O menino Leonardo foi deixado pelado sobre o catre e, como estava, continuou pelos anos seguintes.

Os pratos, terrinas, travessas, biscoiteiras, frascos de chá, chocolateiras e porta-cremeiras da rica infância de Pedro eram de porcelana da China, trazidos de Macau. Já Leonardo comia em tigelas de barro e não conhecia talheres, exceto a colher de pau para mexer a sopa ou pegar farinha na gamela. Aos 7 anos, Pedro tinha um quarto cheio de brinquedos só para ele em Queluz, além de jardins por onde cavalgar seus pôneis espanhóis. Leonardo cavalgava um pedaço de pau, caçava escorpiões vivos pela casa e roubava goiabas no quintal vizinho. Com os mesmos 7 anos, no entanto, Leonardo ganhou uma cidade inteira — o Rio — onde brincar e pular cabriolas. Não admira que fosse do cu riscado.

Exceto por isto, eles tinham muitos pontos em comum. Assim como Leonardo, Pedro não fora amamentado pela mãe — princesas não saíam dando o peito para os filhos, embora, segundo se dizia, dona Carlota fosse pouco exigente sobre quem lhe sugava os mamilos para fins imorais. Seja como for, o pequeno príncipe também precisou ser amamentado por terceiros. A Corte em Queluz mantinha uma ama-de-leite oficial, dona Madalena Josefa, e, na falta desta, havia três outras de reserva. Pedro tinha, portanto, oito tetas à sua disposição, todas com verba própria, prevista no Erário Real — quando uma secava, as outras entravam em ação. Diante dessa precoce variedade de seios com os quais se deleitar, não admira que também só deixasse de mamar no peito, e a contragosto, aos 10 anos, com a vinda da família para o Brasil — porque, devido ao corte de despesas, as amas e suas respectivas mamas foram deixadas para trás.

Outra semelhança era a de que, aos quase 12 anos de idade, nenhum dos dois, Pedro ou Leonardo, sabia ler ou escrever direito. Pedro, por não ter interesse nas lições que seu mestre e tutor, frei Antonio de Arrábida, tentava ministrar-lhe. Leonardo, por incompatibilidade com a palmatória e com os grãos de milho sobre os quais vivia tendo de se ajoelhar — mas, se acaso chegasse analfabeto à idade adulta, isso não lhe faria grande diferença, porque não era herdeiro de uma coroa. Pedro, por sua vez, compensava seu desapreço pelas letras com uma surpreendente vocação musical. Ao ouvir música, transfigurava-se — os chifrinhos vermelhos redesenhavam-se num halo prateado, e das nuvens pareciam brotar cantatas. Tinha boa voz, tocava de ouvido qualquer instrumento que lhe caísse às mãos e, com a maior facilidade, aprendera harmonia e solfejo com o maestro Marcos Portugal, que D. João trouxera na comitiva, e sabia de cor várias de suas composições, como os *Te Deums* para tenor, soprano, coro e orquestra.

Não menos surpreendente era a queda de Pedro para o desenho. Ela se revelara desde os 4 anos quando, ainda em Queluz, trepava nos móveis para alcançar os óleos e aquarelas nas paredes e desenhava bigodes a carvão nas imagens de D. João, dona Carlota e até de dona Maria. Mas o que Pedro gostava mesmo era de esculpir e entalhar — daí que seu pai lhe montara uma oficina completa na Quinta da Boa Vista, onde Pedro construía miniaturas de canoas e navios, que punha a flutuar no tanque de peixes. D. João só se assustava quando Pedro dizia que queria ser marinheiro, daqueles com uma argola na orelha — era como se tivesse vocação para tudo, menos para ser, um dia, o rei de Portugal, Brasil e Algarves.

Outra coincidência entre Pedro e Leonardo é que ambos tinham sido criados sem as avós. As de Leonardo ficaram para trás, de avental, amassando o trigo em alguma aldeia portuguesa entre montanhas, e ele nunca lhes soubera nem os nomes. Já Pedro tinha uma avó, que conhecia muito bem: Sua Alteza Real, dona Maria I, a primeira rainha reinante na história de

Portugal, adorada por seu povo e respeitada em toda a Europa. Mas isso não lhe dizia nada. A pobre senhora fora declarada louca por 17 médicos em 1792, seis anos antes de Pedro nascer, e ele nunca a vira de outro jeito.

Todas as manhãs, o pequeno Pedro era ordenado a ir ao quarto da avó no convento do Carmo para beijar-lhe a mão. Mas dona Maria, já com seus setenta e tal anos, de preto fechado em seu luto eterno, o fitava com olhos de zumbi. Não sabia quem ele era. Às vezes, via em Pedro seu finado tio e marido, o rei D. Pedro III, ou seu primogênito, o príncipe D. José, também morto desde 1788, ou o infante D. João. Confundia-se, chamava Pedro por esses nomes e lhe fazia perguntas sobre figuras do seu tempo, como o duque de Luxemburgo ou a marquesa de Pompadour, de quem ele nunca ouvira falar. Mas, quando os surtos a poupavam, sabia ser louçã e catita e, apesar de tão religiosa, recitava para Pedro quadrinhas populares de sua juventude, como se ele tivesse feito parte dela:

Pergunta certa senhora
Sem presumir mal algum
Se um beijo à sexta-feira
Fará quebrar o jejum...

Era como se, naqueles momentos, o mundo de dona Maria voltasse, trinta ou quarenta anos antes, ao Século das Luzes. Eram os felizes tempos em que, na França, ainda não havia os demagogos Marat, Danton e Robespierre, e em que as cabeças serviam para ser penteadas e empoadas e para portar coroas — não para rolar para dentro de cestos, ao fio da guilhotina. O culpado pela ascensão daqueles bárbaros jacobinos que ameaçavam a estabilidade dos tronos europeus tinha sido seu invejoso primo Louis-Philippe, duque de Orléans, um trânsfuga da realeza, que depois se chamaria pelo vulgo de Philippe-Égalité e cometeria a ignomínia de votar pela morte de Luís XVI, pensando que lhe herdaria o trono. Com os retalhos de lembranças que lhe restavam, dona Maria dizia enfaticamente a Pedro que iria a Paris para puxar as orelhas de Louis-Philippe e exigir que retirasse seu voto, o que permitiria a ressurreição do rei.

Diante dessa avó biruta, Pedro apenas ouvia e fazia que sim. Até ele, com sua pouca instrução, sabia que os agentes do Terror, como Marat, Danton, Robespierre e centenas de outros, além do próprio Égalité, já estavam tão mortos quanto Luís XVI e igualmente guilhotinados — exceto Marat, assassinado em sua banheira pela militante girondina Charlotte Corday (logo Marat, que só tomava banho para fins medicinais!). Às vezes, Pedro tinha pena da rainha. Mas, quase sempre, despedia-se dela com um novo beija-mão, retirava-se andando de costas e, depois de fechar a porta atrás de si e sair no corredor, deixava escapar um suspiro de alívio. Não era justo que uma rainha terminasse assim — que o mundo desse a volta ao juízo de alguém nascida para usar uma coroa e interferir nos destinos desse mesmo mundo. Mas já havia muito que dona Maria não interferia nem no próprio destino.

O mundo de dona Maria se resumia agora às suas aias e açafatas, principalmente à dama-de-companhia, dona Joaninha, condessa do Real Agrado, que a acompanhava dia e noite com paciência de santa. Uma das atribuições de Joaninha era tentar controlar as jabuticabas da rainha. Mas dona Maria, se pudesse decidir, daria seu reino por elas — obrigava que lhe servissem a fruta, chupava-as às centenas, todos os dias, com caroço e tudo, e por isso vivia com nó nas tripas.

Acontecia de dona Maria às vezes ser levada de cadeirinha pelo largo do Paço até o palácio. Ao começar o passeio, ia rígida, hierática, com busto e perfil de rainha, perfeita para uma efígie de medalha. De repente, via ou julgava ver o Pão de Açúcar à sua frente. E, invisível para os outros, mas pavorosamente real aos seus olhos, esgueirando-se por trás da pedra, surgia um diabo de 400 metros de altura, ceroula vermelha, chifres de três voltas, barba em V e rabo de vaca, fazendo-lhe sinais com os dedos e chamando-a para si. Ao vê-lo, dona Maria dava horríveis gritos de súplica, que partiam o coração de quem os ouvisse.

No passado, quando ainda em Portugal, ao ser levada à rua em carruagem fechada, a rainha apenas gritava coisas desconexas. Mesmo assim, era constrangedor — imagine se achassem que estava ficando louca! Para evitar isso, o duque de Mosqueira saiu-se na época com uma idéia salvadora: quando ela fosse transportada por Lisboa, o veículo deveria ser equipado com quatro ou cinco grandes sinos. O sacolejo das rodas pelo calçamento fá-los-ia badalar e isso abafaria o alarido. E assim se fez. A partir dali, todos os dias, o barulho provocado pelo clangor de sinos na carruagem em velocidade era tão alto que ninguém escutava os gritos da rainha. Nem precisavam. Era só ouvir o bimbalho a distância que diziam:

"Lá vem dona Maria, a louca."

No Rio, os fantasmas de dona Maria passaram a ter feições mais precisas. Eram o diabo em pessoa, ou uma coorte deles, aparecendo para assombrá-la. Sem aviso, ao passear pelo pátio do convento do Carmo, onde morava, a rainha começava a se agitar, a dar pulinhos com os dois pés, a soltar delicados flatos e a respirar com dificuldade. Apontava para o Pão de Açúcar e gritava:

"Acode, Joaninha, que os diabos vieram me ver! Ai, Jesus, que não quero que me vejam!"

Joaninha olhava para o Pão de Açúcar e não via nada, apenas a pirâmide de pedra, e não sabia o que fazer. Dona Maria estava fora de si, suando muito, arrancando os tufos brancos com força sobre-humana e jogando longe os véus e a tiara. Também desesperada, Joaninha abraçava-se a ela chorando e implorava que se acalmasse. A rainha reagia com fúria, debatia-se e, sem querer, cravava o dedo no olho de Joaninha ou acertava-lhe uma cotovelada na glote. Mas Joaninha a estreitava cada vez mais contra seu peito, até que dona Maria se sentisse segura e sossegasse.

Não demorou para que os acessos começassem a acontecer também em casa e à noite. Quando dona Maria desprendia os primeiros gritos no convento do Carmo, quebrando o silêncio da madrugada, Joaninha corria a fechar a janela. Mas, nos delírios da rainha, um dos diabos entrara por ela e já estava dentro do quarto, no corpo de Joaninha, e era ele quem lhe dava a língua e lhe fazia caretas. Dona Maria, armada de inesperada valentia, fazia-lhe caretas e dava-lhe a língua em troca, ou passava a alvejar a dama-de-companhia com os objetos de sua penteadeira. Crente que estava atingindo o diabo, acertava-a na testa com escovas, potes de creme ou frascos de perfume. A batalha durava alguns minutos até que dona Maria, exausta, caía na *chaise longue* e relaxava. Só então a brava Joaninha se retirava para seu toucador, a fim de se assoar e pensar as feridas.

Se é possível dizer que não teve avó, Pedro também não podia contar com seus pais, e esse era outro ponto em comum com Leonardo. Os filhos da realeza raramente têm pais que lhes dêem atenção — são cuidados e educados pelos tutores —, mas Pedro foi ainda mais abandonado do que muitos. D. João, pelo menos, tinha a desculpa de viver ocupado com os negócios de Estado, a ameaça de uma ou outra invasão ao país e os protocolos da monarquia. Mas dona Carlota, a quem cabia apenas procriar e criar os filhos, só dispensou a Pedro um certo carinho até os 4 anos, em 1802 — ano em que, em Queluz, pariu seu filho mais novo, Miguel. Dali em diante, transferiu todos os afetos que tinha e que não tinha para o infante, e deixou Pedro à margem para sempre.

Pedro era muito novo para entender, mas dizia-se pelos corredores de Queluz que o pequeno Miguel não era filho de D. João — porque era sabido na Corte que há muito o príncipe não repartia o leito com a princesa. Mas, se Miguel não era de D. João, de quem seria? Dona Carlota não se alterava por esses rumores — que, aliás, nunca desmentiu. Ao contrário, para lhes tirar melhor proveito fez vazar a suspeita de que Miguel seria filho do formoso marquês de Marialva, um dos brasões mais antigos e respeitados do Reino, com seiscentos anos de história. E, se aquilo fosse verdade, que beleza: quando Marialva saía às ruas de Lisboa, Viena ou Paris, as janelas fechadas pareciam palpitar — eram os corações femininos batendo por trás das venezianas. Mas a tentativa de Carlota foi em vão. Por futricas dos escravos, todos sabiam que Miguel era filho do Manel, jardineiro da Quinta do Ramalhão, perto de Sintra, onde Carlota passava a maior parte do tempo. Pode-se pensar que o Manel fosse um homem irresistível, filho bastardo de um senhor de terras e, quem sabe, com um passado de glórias sob a pele brunida e as mãos grossas de calos. Que nada. Era um saloio comum, sem nenhum encanto, antiguidade ou história. De mais ínfima plebe, impossível.

Pedro nunca se queixou, mas, mesmo sem saber, ressentiu-se do abandono por sua mãe. Não fossem os cuidados de dona Genoveva, a fidalga que fora sua babá em Queluz e o acompanharia pela vida afora, sempre o chamando de "meu menino", não se sabe o que seria dele. Era ela quem lhe atava o rabicho do cabelo, obrigava-o a arear os dentes ao acordar, ajudava-o a descalçar as botas e fazia-lhe cafuné quando ele caía de um cavalo e tinha de guardar repouso, sentado sobre um travesseiro de plumas para lhe amainar a dor. Seu outro tutor, frei Arrábida, era encarregado de ensinar-lhe tudo que sabia — gramática, retórica, latim, francês, inglês, geografia, história, matemática —, tarefa que, como já se disse, encontrava maciça resistência em Pedro. Quanto a outras disciplinas mais pessoais, envolvendo certas partes da anatomia, o santo frei Arrábida possuía pouca ou nenhuma autoridade para discutir — seu pênis era usado unicamente para a micção e a única vagina que ele vira em dias de sua vida fora a da senhora sua mãe e, mesmo assim, muito de passagem, ao nascer.

Por sorte, Pedro tinha por espontânea companhia um homem ágil, moderno e cosmopolita: D. Marcos de Noronha, conde dos Arcos de Val-de-Vez, nobre da cepa toureira de Portugal, ex-governador do Pará e último vice-rei do Brasil. Arcos tinha pouco mais de 30 anos na chegada da Corte. Com o fim do vice-reinado, entregou o Rio a D. João e ficou à espera de nova função. Como esta não vinha, dedicou-se por conta própria a D. Pedro, a quem se encarregou de escolar sobre as coisas da vida. Pedro se encantou com Arcos — via nele um amigo, um cúmplice, alguém a imitar e seguir. Nas recepções em palácio, gostava de vê-lo de braço com uma moça diferente a cada vez e sonhava com o dia em que faria o mesmo. Arcos, por sua vez, não se limitava a instruir Pedro sobre as prendas das sinhazinhas e sobre uma ou outra firula de virilidade. Falava-lhe também do dia em que ele teria a coroa à cabeça e das duras decisões que precisaria tomar sobre seus domínios em três continentes. E, da maneira mais discreta que podia, explicava-lhe também certas particularidades a respeito de seus pais.

O casamento de D. João e dona Carlota, por exemplo, em 1785, fora algo quase indecente: no dia das núpcias, o príncipe de Portugal tinha 18 anos, e a infanta de Espanha, 10. Era um arranjo entre as casas de Bragança e de Bourbon para estreitar os laços entre as Coroas portuguesa e espanhola — e, para isso, não importava que a noiva ainda tivesse dentes de leite. Só não se sabia por que tanta pressa, já que as coroas não iriam fugir. Além disso, com uma esposa tão jovem, a união não poderia ser logo consumada.

E, assim, os primeiros cinco anos do casamento continuaram tão em branco quanto os lençóis reais, com D. João passando boa parte do tempo em Lisboa ou no palácio de Mafra, presenciando a demência progressiva de sua mãe e antevendo com horror o dia em que, cedo ou tarde, precisaria assumir o trono como regente. Quanto à menina Carlota, ungida princesa de Portugal e do Brasil, mas praticamente exilada em Queluz, sentia-se sufocada naquele palácio de velhos, sem outras crianças com quem brincar, e já saudosa da alegria e exuberância que, mesmo tão nova, conhecera na Corte espanhola.

À medida que ela foi atingindo a puberdade e viu crescer os pêlos nas partes certas do corpo, comentou-se que a menina Carlota aproveitava as longas ausências de D. João para se distrair com o filho do viador ou do estribeiro nos jardins do palácio — mas haveria então algum vassalo que se atreveria a aceitar os beijos e os afagos da princesa?

Já no que se referia a D. João, não restava nenhuma dúvida. Se não tinha vida marital com a infanta, não significava que levasse vida casta em Lisboa — e nem isto era exigido de um príncipe. Sabia-se que tinha uma amante, pouco mais velha do que Carlota — uma linda e ambiciosa cortesã, com uma longa linhagem de cortesãs na família. Uma vez por semana, ela ia ao seu encontro no Paço Velho da Ajuda e passavam a noite juntos. Na manhã seguinte, D. João mandava uma carruagem levá-la à sua casa, na rua das Janelas Verdes.

Em 1790, quando Carlota chegou aos 15 anos, ela e D. João tiveram enfim a autorização papal para se conhecer biblicamente. Para o primeiro encontro, nos aposentos do príncipe em Queluz, ambos estrearam camisolas de dormir, de seda, com urdiduras decorativas feitas com delicadíssimos fios também de seda. Como, entre o casal real, não se usava despir as camisolas, elas traziam orifícios no tecido em lugares estratégicos. Por via das dúvidas, pouco antes, os aios e as aias haviam curado seus corpos com esponjas embebidas em óleos aromáticos.

Pena que, fisicamente, o que cada um tinha a apresentar não fosse tanto do agrado do outro. D. João era baixo, quase gordo, com as coxas exageradamente grossas, o pescoço curto, formado por papadas em anéis, e o lábio inferior pendente, estilo beiçola. A touca de sua camisola, com um pompom na ponta, também não o favorecia em sensualidade. E Carlota, por qualquer ângulo que se a examinasse, ostentava uma feiúra impenitente: era ainda mais baixa, quase anã, com uma espádua mais alta que a outra, prognata quase ao nível do desespero, tez de azeitona, buço, nariz gravado de varizes vermelhas, dentes em vários tons — escuros, amarelos, esverdeados — e ligeiramente coxa, devido a uma fratura de bacia provocada por queda de cavalo. Para lhe fazer justiça, diga-se que tinha o busto perfeito de quase todas as Bourbons e um encanto pessoal e inteligência que, dirigidos aos homens que a interessavam, atenuava seus defeitos e até lhes despertava a lascívia.

Em matéria de temperamento, os dois não podiam ser mais distintos. D. João exalava um tal ar de bondade, simpatia e humildade, de alguém que se comprazia em benfazer, que isso o redimia e o tornava amado. Mas Carlota, voluntariosa, petulante e impertinente, estava além de qualquer possibilidade de redenção. Tratava mal as criadas e negrinhas, em cujas cabeças batia com o peso de seu abanico fechado. Quando irritada, atirava às paredes o que estivesse à mão — floreiras, canecas, saladeiras, frascos de sais, potes de farmácia —, espatifando preciosidades sem remorso. E, se a deixassem, daria ordens aos fidalgos e ministros, aos embaixadores estrangeiros, ao marido e ao reino inteiro.

Mas o pior era sua intolerância para com as coisas da Corte portuguesa, com a qual nunca se identificara — era, e seria sempre, uma orgulhosa princesa de Espanha, filha do rei Carlos IV e irmã do príncipe herdeiro Fernando. Na vinda da Corte para o Brasil, chorara escondido durante toda a viagem, sentindo-se degradada pela sua futura condição de "rainha colonial". Em seus piores delírios, via-se sentada a um trono numa cidade na selva, exibindo suas peças de ouro para um povo de descalços e desnudos, cercada de micos e araras, e longe dos louros mimos da Europa.

Carlota tinha a seu favor, no entanto, o fato de que cumprira seu papel: dera nove filhos a D. João, mesmo que os três últimos, a partir de D. Miguel, não fossem dele — mas que ele reconheceu do mesmo jeito. No Rio, a situação não se alterou. Quando, poucos meses depois da chegada, D. João aceitou o palácio de verão da Quinta da Boa Vista, que lhe foi oferecido por um comerciante, dona Carlota não o acompanhou. Preferiu continuar no Paço e, depois, revezá-lo com um palacete à beira-mar no arrabalde de Botafogo, por causa dos banhos e para se compensar da detestável vida que levava no Rio. Ali, longe de certos protocolos da Corte, podia receber seus amores, quase todos homens de segunda linha e nenhum nobre. Pobre dona Carlota, não tinha muita escolha. Eram poucos os intimoratos que não batiam em retirada à vista de sua fachada.

O conde dos Arcos não contou nem a metade disso a Pedro. Mas o pouco que lhe revelou fez com que o menino sentisse uma incômoda piedade pelo pai — um homem sem afagos, carente de carícias — e um sentimento amargo e esquerdo pela mãe. O irônico é que foi dela, não do pai, que herdou a audácia, a coragem, a independência e o gosto pela aventura.

Com D. João, foram para a Quinta da Boa Vista sua filha favorita, a primogênita Maria Teresa, e os dois meninos, Pedro e Miguel. As outras moças ficaram com Carlota em Botafogo. Se pudesse, D. João não sairia nunca da Quinta. Tudo nela o encantava — a casa, os arredores, a temperatura amena e a distância a que ficava dos problemas quando não precisava cuidar deles.

(Às vezes fechava os olhos e suspirava, "Ah, meu São Cristovãozinho...".) Mas, pelo menos dia sim, dia não, D. João tinha de ir ao Paço, para visitar sua mãe, para o beija-mão popular e para despachos com o ministério sobre as graves questões do reino na América e na Europa. Aproveitava e dormia por lá, principalmente quando sabia que Carlota Joaquina estaria em Botafogo.

Pedro sempre acompanhava o pai ao Paço nessas ocasiões. Era uma oportunidade de se ver livre da vigilância de Arrábida e Genoveva, nem que por um dia ou dois. E, como sua presença ali não era oficial, podia fazer o que bem entendesse no palácio.

Seu quarto no Paço tinha um terrível cheiro de vela, porque ficava ao lado da Sala da Tocha — uma vela de cera com quatro palmos de diâmetro por oito de altura, eternamente acesa. Mas suas janelas davam para o largo e permitiam que ele se extasiasse com a fuzarca lá embaixo. Às vezes, à noite, o largo era iluminado para as cavalhadas, e o espetáculo dos cavaleiros em meio aos bruxuleios da iluminação quase o hipnotizava. Um dia, ele teria idade para descer à rua, cavalgar com eles e, depois, juntar-se às danças públicas, indígenas, mouras e espanholas, com música de tambores e guitarras até altas horas.

Mais raramente, Miguel também acompanhava D. João ao Paço. Aos 8 anos, quase nada ali o interessava, exceto xeretar as atividades do irmão mais velho — e depois contar tudo para a mãe — e as batalhas simuladas que travava com D. Pedro, sonhando com o dia em que faria isso à vera.

A grande arma dessa guerra eram os dois canhõezinhos de bronze que tinham sido mandados fundir e lhes foram presenteados pelo chefe da esquadra inglesa no Rio, Sir Sidney Smith, como um agrado para dona

Carlota. Eram dois canhões perfeitos, só que em miniatura, montados sobre cavaletes, com os quais eles disparavam pedras arredondadas, quase inofensivas. Além deles, Pedro e Miguel tinham seus respectivos exércitos mirins, formados pelos meninos brancos e negros do palácio, uniformizados como os soldados de verdade, inclusive nos chapéus emplumados às custas dos socós da lagoa do Freitas, lamentavelmente depenados.

Para disparar os canhõezinhos, Pedro e Miguel tinham direito a uma ração mínima de pólvora, vinda da fábrica criada por D. João às margens da lagoa. Os tiros faziam mais barulho do que estragos, mas duvida-se que isso se alterasse com uma ração maior de pólvora — a pólvora brasileira era tão pífia que só servia para as salvas de canhões nas grandes efemérides e, se o Rio dependesse dela para se defender de uma invasão, estava perdido. Outras armas desses exércitos eram os estilingues e as espadas de madeira, entalhados pelo próprio Pedro em sua oficina e, depois, distribuídos em parte ao irmão. Mas não se veja nisso uma generosidade de Pedro — queria ver as tropas do irmão bem armadas apenas para justificar o peso de seu ataque.

O campo de batalha era um dos pátios internos do Paço. Pedro e Miguel dispunham suas tropas e davam-lhes ordens de "ordinário, marche" até colocá-los em posição, um diante do outro. As escaramuças começavam com um tiro de canhão para cada lado, cada general torcendo para que sua pedra tivesse força para pelo menos se aproximar do alvo, a cerca de 100 metros, e só então as infantarias recebiam ordem para atacar. Mas Pedro sempre vencia as batalhas. Às vezes, no fragor da refrega, ordenava a um de seus estilingueiros disparar uma pedra para valer no cocuruto de um soldado inimigo, para mostrar a Miguel quem detinha a supremacia. Outro de seus truques era misturar areia à pólvora do irmão para diminuir ainda mais o seu poder de tiro. E, dos dois, Pedro era o único a ter um óculo "de ver ao longe", presente também de outro inglês, o cônsul lorde Strangford, aliado de D. João.

Quando calhava de seu pai dar uma importante recepção no Paço, Pedro tinha de usar traje de gala, no que era ajudado pelo barão de Macacu, Mestre do Guarda-Roupa. Pouco depois, adentrava a Sala do Trono com um esplêndido garbo militar, envergando sua farda infantil de general, de dragonas luzentes e alamares dourados, e com uma postura de estátua — levando debaixo do braço o chapéu de feltro preto, alto e empenachado, a mão no copo de ouro do mini espadim frouxo à cintura, e o peito inflado, coberto de condecorações por façanhas ainda a realizar. Sob a magnitude do salão, parecia um soldado de chocolate, um principezinho de Carnaval — esperando pelo dia em que os galardões espetados ao seu peito seriam para valer.

Em que Bárbara sente de novo os calores de seu príncipe e Pedro e Leonardo escapam espetacularmente pelos Arcos

A mente nublada de Bárbara já não lhe dizia muita coisa, mas seus sentidos ainda lhe pregavam peças. O tato, por exemplo. Calvoso fora ao seu quarto e lhe perguntara o que fizera com o menino. Ela não tivera ânimo para responder e ele saiu irritado, deixando para trás o medalhão, por descuido, sobre sua cama. Bárbara tomou o objeto casualmente em suas mãos, e o peso e a forma dele lhe despertaram imagens, sensações e cheiros adormecidos.

Os relevos e as reentrâncias das imagens gravadas no bronze — no anverso, uma cruz em alto-relevo; no reverso, as armas do Império português — trouxeram-lhe de volta uma memória de idílios, carícias e luares. Como se saíssem das nuvens, surgiram lembranças de muitas noites nos palácios de Lisboa e Mafra, em jardins e alcovas cheios de recantos, e a sensação de que o medalhão estava de novo sobre o peito de um jovem príncipe. À vista do medalhão, as brumas se dissiparam em sua memória. Tudo agora ficava claro.

Os encontros eram clandestinos, porque o príncipe era casado e vivia com sua esposa, a infanta de Espanha, no palácio de Queluz. Vivia era como quem diz, porque aquele fora um casamento de tronos, não de corpos. À época das bodas, em 1785, o príncipe tinha 18 anos; sua noiva, apenas 10; por isso, durante os primeiros cinco anos, os dois viveram como irmãos. Mas Bárbara tinha três anos a menos que o príncipe, cinco a mais que a infanta e, no esplendor de seus 15 anos, seu corpo já era perfeito, exuberante — o corpo de uma mulher.

Bárbara e D. João se conheceram no dia do próprio casamento dele, numa das muitas festas em Lisboa para o casal. D. João e Carlota tinham acabado de se unir pelos sagrados laços, mas fora com ela, Bárbara, a partir da noite seguinte, que o príncipe celebraria suas bodas, no Paço Velho da Ajuda. Daquele ano até 1790, ela e D. João protagonizaram uma história de paixão, quase se diria de amor, ou assim Bárbara queria acreditar. O príncipe que, depois, no Brasil, diriam tépido, apático e assexuado, ficara cativo da beleza e destreza daquela menina, brilhante herdeira da *sagesse* de suas antepassadas. Com Bárbara, D. João viveu tantas horas de gozo que, se se convertesse à castidade pelo resto de seus dias, ainda assim teria tido uma vida riquíssima de prazeres.

Em troca deles, durante aqueles cinco anos, ele lhe deu muitos presentes: colares, brincos, anéis, cordões, broches, grampos, tudo em ouro e prata, inclusive um pequeno crucifixo incrustrado de brilhantes — na esperança de que, todas as manhãs, Bárbara o fechasse em sua mão e rezasse por seu generoso protetor. Mas nenhum presente de D. João foi mais espetacular do que uma tiara de safiras e diamantes, para alguns digna de uma imperatriz, e com a qual ele a regalou no seu aniversário de 20 anos.

Algumas dessas jóias eram tão vistosas e valiosas que Bárbara não podia usá-las em público — não tinha posses para isso e não podia atribuí-las aos jovens nobres apatetados com quem às vezes se deixava ver nos salões, para disfarçar a identidade de seu amante. Bárbara só usava as jóias para D. João. Nas noites suaves de Lisboa, sempre levada por um fiel aliado, ela lhe surgia em palácio, envolta em uma capa azul-escura, comprida, de capuz e mangas com barras de arminho. Deixava-a escorregar de seu corpo e, sob ela, estava nua, exceto pelas jóias. Deitavam-se sobre a capa no piso de grandes azulejos e faziam amor tendo por testemunhas, atentas e silentes, apenas as figuras pintadas no teto da Sala dos Embaixadores.

Em 1790, Carlota completou 15 anos e, subitamente adulta, subitamente cruel, mas com a serenidade de quem tomava uma medida apenas administrativa, foi ao gabinete de D. João e exigiu que ele "se livrasse da prostituta".

Sim, Carlota sabia de Bárbara. Sempre soubera, desde o começo — e, com seu desprezo por ambos, fingira ignorar a história. Mas, agora, em que a insanidade da rainha dona Maria ficara indisfarçável, era claro que, em breve, seu marido teria de assumir como regente. Chegara então a hora de tornar seu casamento o efetivo instrumento das duas coroas. Mas "sem a meretriz" entre eles, ela ordenou.

Normalmente, em tal situação, o destino de uma mulher como Bárbara seria devolver as jóias, os presentes e os beijos, e enclausurar-se para sempre em um convento. Fora o que acontecera à bela Filipa de Noronha, que, em 1704, aos 22 anos, começara um longo caso de amor com o futuro D. João V, ainda um adolescente de 15. Pelos sete anos seguintes, os dois viveram a paixão de suas vidas — ou assim também parecia à cortesã. Até que, como sempre por razões de Estado, o rei foi levado a se casar com Mariana de Habsburgo, arquiduquesa da Áustria, e Filipa precisou ser afastada do caminho. Entre as duas alternativas que lhe foram oferecidas — um casamento com um homem de sangue inferior ou retirar-se do mundo para sempre —, Filipa, por fidelidade ao rei, escolheu a segunda. Devolveu as jóias, despiu-se de tudo que possuía e marchou para o convento de Santa Clara, em Lisboa, de onde apenas uma vez escreveu a D. João V — para se queixar de que ele não se limitara a "expulsá-la do palácio", o que ela suportaria, mas que também a condenara ao "desterro de suas memórias".

Mas este não era o estilo de Bárbara. Aos 20 anos de idade, ela não suportaria viver o resto de seus dias sem amor, entre freiras soturnas e silenciosas, em celas úmidas e cheias de mofo. Além disso, Carlota não lhe dera escolha. Para esta, só havia um lugar a que D. João pudesse mandar "aquela sujeita", e que ela ficasse por lá para sempre, ardendo como no inferno: o Brasil, terra de desterrados.

Em D. João, doeu ver sua amada referida como "prostituta", "meretriz" ou "aquela sujeita". E também o fato de que, até então, Carlota nunca dera importância a Bárbara para sequer mencioná-la — porque nunca a sentira como ameaça. Os príncipes podem quase tudo e, com algum estímulo, D. João talvez tivesse resistido ao *dixit* de Carlota. Mas ele sabia que, nesse caso, não havia nada a fazer — os interesses das casas de Bragança e Bourbon falavam mais alto. E assim, derrotado, o príncipe se submeteu.

Bárbara se lembrou de como D. João providenciou-lhe às pressas um "noivo": o viúvo Antonio de Urpia, um fidalgo menor e inócuo, passado dos 50, burocrata de confiança do príncipe no ministério da Marinha e do Ultramar. À bruta, sem consultá-la, D. João a dera em casamento a esse indivíduo que ela poucas vezes vira e pelo qual nunca tivera o menor interesse, e sem direito a lutar pelo que lhe ia no peito.

O príncipe não deixou espaço para manobras. Em menos de um mês, Bárbara e Antonio de Urpia se casaram e embarcaram para o Rio, onde os esperavam o conforto e o oblívio. Para ele, um cargo quase simbólico, de consultor ultramarino junto ao vice-rei, o conde de Resende; para Bárbara, a promessa de que, enquanto reinasse a casa de Bragança, ela nunca saberia o que significavam a fome e o relento. Em troca, D. João só lhe exigia o silêncio e a distância.

E por que ela também se submetera? Porque não se desobedece ao príncipe.

Bárbara afagou o medalhão e os calores lhe subiram pelas pernas. Meteu-o por baixo de suas roupas e deslizou-o contra seus seios. Desceu com ele pelo corpo e levou-o até onde sua mão pudesse alcançar. As imagens de ferro em relevo se esfregavam com aspereza sobre sua pele, mas o que isso lhe trazia de volta eram as mãos pequenas e macias do jovem regente. Nunca mais as sentira — nem sequer vira D. João — desde que se despedira dele no Paço da Ajuda e deixara Lisboa para sempre, havia vinte anos.

Durante todo esse tempo, ele nunca lhe faltara com a promessa. De tantos em tantos meses, ano após ano, um funcionário da Corte no Rio entregou a Bárbara uma pensão que garantia o mínimo para sua sobrevivência. Mas ela queria mais e, para isso, não faltavam homens que a quisessem — era uma aritmética simples.

Ao refletir melhor a seu próprio respeito, Bárbara descobriu que a mulher a que chamavam Bárbara dos Prazeres não nascera no Rio, nem fora fruto da necessidade. Essa mulher sempre existira — nascera com ela. Na verdade, e só agora o sabia, a apaixonada Bárbara da adolescência já era Bárbara dos Prazeres mesmo quando seu único cliente era D. João.

O calor de seu corpo se transferiu para o medalhão e, agora, ela podia senti-lo quase em fogo vivo entre suas coxas. No passado, o calor de D. João dentro de seu corpo também não era o que vinha do homem, mas o que emanava do príncipe.

Bárbara, deitada na cama, já revirava os olhos e gemia grosso quando passos de botas pretas ressoaram sobre as tábuas corridas.

Calvoso voltara sem avisar, à procura do medalhão, e se deparara com a cena — Bárbara com o vestido pela cintura, as pernas expostas, as mãos entre elas e, nelas, o medalhão.

"O que é isto, Bárbara? Ficaste louca de vez?", rugiu Calvoso, tirando-a de seu enleio.

Mais pelo susto que pelo pudor, Bárbara recompôs-se e se aprumou na cama, sem largar o medalhão. E foi este que a trouxe de volta ao juízo:

"O medalhão do príncipe real", ela divagou, como se falasse para si mesma. "Foi dado ao príncipe D. João por seu pai, o rei D. Pedro III. Como pode ter ido parar no pescoço desse menino Pedro?"

Bárbara e Calvoso se entreolharam. Mas, para ele, esse raciocínio, vindo de uma quase doida, não queria dizer nada.

"Que história é essa de reis e príncipes, Bárbara? O que sabes dessas coisas?"

"Sei muito", ela disse, calmamente. "Incontáveis vezes tive esse medalhão em meu colo nu e sobre meu ventre. Era como melhor possuir seu dono... ou ser possuída por ele..."

Calvoso olhou para Bárbara, intrigado. Até por uma questão de idade — dez anos a menos do que ela —, ele não conhecera a mítica Bárbara de Urpia, que, no passado, ensandecera a nobreza no Rio. E muito menos a jovem aventureira que virava a cabeça dos homens em Lisboa. Quando a vira pela primeira vez, ela já estava nas águas da marujada, nos antros e nas biroscas do beco do Telles. Era difícil de acreditar que aquela mulher tivesse conhecido dias de fausto entre testas coroadas, duques e marqueses, marechais e embaixadores.

"Estás a sonhar, Bárbara", disse Calvoso, com desprezo. "Dá-me o medalhão. Amanhã vou levá-lo ao Espanca para avaliar, junto com o cordão. Se valer alguma coisa, compro-te um tatu para o almoço."

Pedro não se parecia com nenhum outro menino que Leonardo conhecesse. E Leonardo conhecia todos os meninos da cidade ou, pelo menos, os que viviam pelas ruas. Por conhecer seus pares e saber o que esperar deles, Leonardo não andava em turma, não queria ser líder e, muito menos, liderado. Mas Pedro lhe era incompreensível — um menino rico, de estufa, que, depois de passar por um aperto que lhe poderia ter custado caro, parecia de uma firmeza e segurança só comuns em mequetrefes como ele, Leonardo, ou nos batutas da zona portuária.

"Calvoso e seu beleguim não me escapam", disse Pedro para Leonardo, como se, do alto de seus quase 12 anos, estivesse habituado a impor a lei e distribuir justiça. "Fizeram-me passar pelo suplício de ser tocado por aquela mulher e ainda roubaram meu medalhão. Estivesse aqui meu antecessor D. Pedro, o Cru, já estariam capturados e teriam seus corações arrancados — um, pela frente do peito; outro, pelas costas — e com eles vivos! Aliás, vou sugerir que sejam punidos dessa forma."

Leonardo tremeu. Isso eram maneiras de um menino falar? Leonardo nem imaginava que Pedro estava se referindo a um príncipe herdeiro de Portugal no século XIV, que assim justiçara os assassinos de sua prometida, a fidalga Inês de Castro, a quem, depois de morta, fez rainha. Se Leonardo ao menos suspeitasse, não teria rido como riu.

Pedro sentiu que a troça era com ele, como se o outro o estivesse diminuindo:

"Então duvidas do que sou capaz?", perguntou. "Se duvidas, é porque nem suspeitas de quem sou. Estás na presença do príncipe D. Pedro de Alcântara."

Leonardo ouviu aquilo e, pela testa altaneira do garoto ao se dizer príncipe, pelo tom imperial de sua voz, mais do que pelas palavras, sentiu que o outro dizia a verdade — e tremeu. Mas, para ter completa certeza, fez de supetão a única coisa que lhe cabia: tomou a mão de Pedro e a beijou. Se ele se assustasse e retirasse a mão, era porque não costumavam fazer-lhe aquilo. Mas Pedro nem se alterou e se deixou beijar, porque aquele era o seu dia-a-dia.

Leonardo não duvidou mais. Ali, de cócoras, junto à janela do sótão de um pardieiro imundo, cheio de teias de aranha, na rua da Candelária, e fugindo de um par de brutos, estava o príncipe herdeiro do Brasil.

"Perdão, Alteza. Como eu poderia adivinhar?"
"Tens razão, não poderias", disse Pedro. "E tu, quem és, além de demonstrar ser um vassalo amigo?"

Leonardo disse-lhe quem era e, ao sentir o vivo interesse de D. Pedro, contou-lhe sua história — mentindo só um pouco e exagerando outro tanto, mas enfatizando as passagens que, sabia agora, impressionariam um menino como o príncipe. E que biografia construiu para si mesmo. Seus bulícios, atropelos e estrepolias pelas ruas do Rio sempre culminavam numa escapada e envolviam correr e pular muros, perseguido por alguém que ele acabara de burlar, e esconder-se numa casa escura — exatamente como estava acontecendo naquele dia. Isso quando ele não via em seu encalço o próprio Vidigal, que já o tinha por vadio e não lhe dava boa vida.

D. Pedro nunca escutara nada igual. Até então, os únicos garotos de sua idade com quem conversara tinham sido os príncipes de outras casas reais da Europa ou os filhos dos nobres vindos com sua família — uma data de rapazotes e maricas, com seus casacos de veludo e punhos de renda branca, que evitavam macular. E havia os filhos dos cavalariços, com quem também convivia, mas estes não se atreviam a contar-lhe suas vidas. Pedro, às vezes, até os enfrentava em torneios de punheta nos fundos da cocheira (ganhava quem disparasse primeiro), mas nunca se dera ao desfrute de interessar-se pelo que faziam fora dali.

Já as aventuras de Leonardo, aos seus ouvidos, eram dignas das gestas de cavalaria que, no passado, Genoveva lhe contava para dormir. Em comparação, as pequenas iniqüidades que ele próprio perpetrara no entrudo eram pouco mais que brincadeiras de criança. Que graça tinha aplicar pó-de-mico à cabeleira das irmãs ou besuntar com estrume a maçaneta de padre Perereca, quando havia tanto a fazer e a explorar nos becos úmidos, aléias traseiras e túneis secretos da cidade, passando pelos subterrâneos dos conventos, onde — ouvira dizer — os príncipes mantinham suas amantes, acobertados pelas abadessas?

Apesar de se sentir inferiorizado em termos de riscos e arrojos, Pedro também revelou para Leonardo um pouco de sua biografia — sem se dar conta de que os eventos de que estava participando, como filho de D. João, eram muito mais importantes do que as farofices de Leonardo. Pedro não sabia explicar, mas a atitude de seu pai, de transferir a Corte inteira para o Rio, estava tendo uma profunda influência no xadrez político daquele tempo.

Por causa do gesto insólito de D. João, Napoleão, que já tinha praticamente se apoderado da Espanha, veria morrer o decisivo projeto peninsular com o qual pensava estrangular a Inglaterra. O fato de o Brasil ser agora a metrópole e Portugal, a colônia, provocara uma reviravolta no comércio marítimo internacional, com a abertura de um gigantesco palco de operações no Novo Mundo e com o qual, em primeira instância, um país ficaria mais rico e poderoso do que nunca: justamente a Inglaterra. A Espanha, por sua vez, empenhada numa dura guerra de libertação contra os franceses, deixara de lado suas colônias na América e se arriscava a perdê-las uma a uma. Se o rei Carlos IV tivesse feito parecido com D. João e levado seu trono para o México, como lhe haviam aconselhado, a situação seria outra para os espanhóis.

Pedro não sabia que, por pouco, a situação de sua família também teria sido outra. Para que não tivesse pesadelos à noite, ninguém nunca lhe contara que, em 1807, havia em Lisboa portugueses republicanos que conspiravam contra a Coroa e a favor da ocupação napoleônica. Para esses "afrancesados", como eram chamados, o ideal seria mandá-lo — a ele, o menino Pedro — para o exílio no Brasil e entregar a cabeça de D. João aos franceses. E que tais planos só não se concretizaram por causa da difícil decisão de seu pai, escapando com a Coroa. Os "afrancesados", a provar que eram mesmo traidores, passaram-se para o exército de Napoleão nas diversas invasões de Portugal pela França naqueles anos e pegaram em armas contra seus patrícios.

Pedro estava apenas vagamente a par desses assuntos porque pouco lhe interessava a política, e os negócios, muito menos. O que ele narrou para Leonardo, com a empolgação de um épico lusíada, foi a viagem da Corte para o Brasil — as borrascas castigando os navios durante a travessia, os mastros se partindo e rasgando as velas, as mulheres (quase todas carecas por causa dos piolhos) chorando de medo, e a náusea obrigando a que todos corressem para as amuradas quando os engulhos lhes subiam à boca. Por causa das tormentas, os galeões, galeotas, fragatas, brigues e cruzadores se perderam uns dos outros no meio do Atlântico. Alguns foram quase parar na África. Muitos dias depois, o mar se acalmou, as naus desgarradas encontraram o caminho e, já na Bahia, se reintegraram à frota. A chegada ao Rio fora uma festa de proas, uma gloriosa caravana com dezenas de embarcações, contando as da Armada inglesa que lhe serviram de escolta. De seu posto no convés do *Príncipe Real*, ao lado do pai, Pedro podia admirar aquilo tudo — um espetáculo de dar inveja até aos príncipes mais velhos do que ele.

Leonardo bebia as palavras de Pedro quase sem respirar. Essa, sim, era uma história de mar alto, para fazer calar as gabolices que ouvia dos marujos nas tavernas da Gamboa, quando eles se reuniam para beber e arrotar mentiras sobre suas viagens, nas quais arranhavam as costas como caranguejos.

Pedro gostou de perceber que Leonardo o respeitava também por isto, e não apenas por ser o príncipe. Os dois sentiram, ali, que talvez fossem os irmãos que a natureza lhes negara (Pedro não levava Miguel em consideração) — um equívoco que o destino agora corrigia.

Embora estivessem diante da janela com a cidade a seus pés e, ao longe, o azul sobre as Tijucas se tingisse rapidamente de vermelho, Pedro e Leonardo nem viram a tarde cair. Estavam muito absortos no que ouviam um do outro. Antes que eles percebessem, logo seria noite.

Um grupo de mascarados — caveiras, palhaços, dominós — atravessou a rua da Candelária em direção ao mar, batendo latas e caixas, fazendo arruaças e lembrando-os de que a folia chegara para ficar. Era o primeiro Carnaval em que a polícia fazia vista grossa aos que queriam "vestir máscara" — disfarçar-se, usar fantasia. No tempo dos vice-reis, as fantasias eram proibidas porque temia-se que os malfeitores se aproveitariam delas para cometer seus delitos. Mas o intendente Paulo Fernandes Viana, ao sentir que Sua Alteza Real gostava do entrudo, instruiu o major Vidigal a fazer de conta que a polícia não se importava. (E, ao mesmo tempo, mandou-o botar seus homens nas ruas e ficar de olho.)

"Preciso voltar para o Paço", disse Pedro, de volta à realidade. "Já hão de ter dado pela minha falta."

"Posso ir com Vossa Alteza?", ofereceu-se Leonardo. "Conheço todas as ruas que dão lá."

Quando iam sair, Leonardo descobriu, atirados a um canto da sala, pequenos sacos de aniagem usados para transportar batatas. Separou dois deles, fez com os dedos dois furos em cada um, onde deveriam caber os olhos, e eles se transformaram em capuzes. Embuçados, os dois garotos se sentiram a caráter para sair dali e se juntar aos "caretas", como também se chamavam os fantasiados.

Em vez de retornar pela rua Direita, por onde tinham vindo, desceram a rua da Quitanda, onde a multidão fervia e campeavam homens e mulheres tão galhofeiros quanto fascinantes — rufiões bem vestidos, de casacas de seda, misturados a ciganos de peito nu e calças coloridas, homens jogando malabares e mulheres que riam alto. Pedro não tinha familiaridade com a geografia ou com a malícia das ruas, mas era capaz de aprender depressa. E, se havia uma época ideal para um garoto verde como ele se aventurar pela cidade, era esta — por toda a duração dos festejos, ninguém tinha hora para dormir e metade da população saíra de casa.

Pedro e Leonardo se entregaram ao Carnaval e, alegres e descuidosos, se esqueceram do mundo. De um sobrado na esquina da rua do Rosário, brotaram sons de chulas tocadas por um duo de viola e rabeca. Ao ouvi-los, homens com homens e mulheres com mulheres começaram a dançar na rua, com palmas e sapateados, simulando esquivas e umbigadas. Pedro sentia no ar uma aura de magia, favorecida pelas pétalas de rosas vermelhas que caíam das varandas, atiradas não se sabia por quem ou para quem. A poucos metros dali, parou para admirar uma trupe de dez saltimbancos que se escalavam em velocidade e formavam uma pirâmide humana. Quando o último acrobata se instalou sobre os ombros de dois companheiros, os quais se equilibravam sobre outros três, e estes, por sua vez, nos quatro que estavam no chão, Pedro ficou maravilhado — nunca assistira a uma proeza física que não envolvesse touros ou cavalos.

As guerras de águas estavam apenas começando, com o produto dos limões e dos esguichos cruzando o espaço. Mas Pedro e Leonardo não se sentiam em risco de se ensopar — os alvos eram os empertigados, os cheios de si e os de chapéu alto, todos adultos. Não se desperdiçavam jatos em crianças. E tinha graça se Pedro se visse vítima da mesma peça que pregara ao inglês Jeremy Blood. Um caboclo passou por eles, oferecendo limões-de-cheiro com água de pimenta. Com uma moeda que tinha no bolso, e que achara na rua, Leonardo comprou dois limões e deu um deles para Pedro. Tratava-se agora de escolher a quem alvejar.

Mas não tiveram tempo, porque, dali a metros, ouviu-se um bruaá. Na esquina da rua do Cano, estourara uma briga no meio da populaça. Começara com xingamentos recíprocos — "Velhaco!", "Bilontra!", "Vagabundo!" — e, num ápice, já não importava saber de quem partira o primeiro insulto. Em segundos, o sarrabulho degenerou em murros, tesouras e pernadas, ameaçando atingir velhos, mulheres e jovens, inocentes ou não.

Até que, do alto de uma sacada, alguém gritou: "Evém o Vidigal!!"

A turba tremeu. Quem pôde, evaporou-se de cena; quem não pôde, preparou o lombo para as pancadas.

Uma palavra bastava para evocar a ordem, a valentia e o terror no Rio. Quando se dizia Vidigal, ninguém precisava saber seu nome completo — Miguel Nunes Vidigal — ou seu exato posto hierárquico: major da Divisão Militar da Guarda Real de Polícia da Corte, subordinado ao intendente Paulo Fernandes Viana e a mais ninguém. Na prática, o verdadeiro chefe da polícia.

Se quisesse, Vidigal poderia passar o ano inteiro dentro do quartel, apenas dando ordens e cobrando resultados, sem comprometer o brilho de suas botas. Mas, ao contrário, não se furtava a sair à rua como um granadeiro comum, para pessoalmente partir crânios, dar voz de prisão e impor a autoridade. Na verdade, era o que Vidigal mais fazia — varejar a cidade em seu uniforme azul. Ao menor sinal de alteração ele surgia, a pé ou a cavalo, calçado de esporas, estalando o rebenque com mão pesada e abrindo clareiras na choldra. Era o poder em pessoa, a força tangível, o jugo palpável — quase reduzindo o rei a um poder em espírito.

Vidigal era alto, mais para gordo, de jeitão descansado. Mas convinha não se deixar enganar por essa aparência. Como os gatos, que passam da inércia para a extrema ação ao piscar de um raio, ele apenas acumulava energia, agilidade e coragem para sacar delas quando precisasse. Quem atravessasse a linha da lei, encontrava-o do outro lado e se arrependia de ter dado o mau passo. Estaria com uns 40 anos, não se sabia ao certo, mas suas façanhas eram tantas, e desde o tempo dos vice-reis, que era como se sempre tivesse existido. O povo falava dele como se de um personagem do cordel de cavalaria.

Numa das histórias, Vidigal aparecia estourando um antro de capoeiras no Mangue, quase que sozinho — ele próprio sendo invencível em dar bandas e cabeçadas, proficiente com faca e navalha e sabedor de todas as tricas dos turunas. Se era o caso de escravos fugidos, ia buscá-los onde quer que estivessem e os trazia na coleira de ferro — como no dia em que subiu ao morro do Desterro, sobranceiro à Lapa, e arrasou uma comunidade de quilombolas, os quais mandou para o tronco na Lampadosa e ordenou trezentas chibatadas por cabeça. No Catumbi, fechou os candomblés, chutou as galinhas, velas e cachaças, fez xixi sobre os despachos e nada lhe aconteceu — só podia ter o corpo fechado. Na Prainha, não dava sossego aos batuqueiros, furando seus tambores, desencordoando-lhes as violas e mandando-os cantar em outra freguesia.

Enfim, com um olho Vidigal dedicava-se aos específicos; com o outro, vigiava os gatunos, punguistas, batutas, feiticeiros, cartomantes e demais praticantes do vigarismo profissional. Nada no Rio lhe escapava — como se Vidigal enxergasse cada rua, esquina ou casa. E enxergava mesmo, porque não lhe faltavam informantes, todos querendo ficar bem com o senhor major.

E havia as mulheres, nas quais Vidigal despertava os melhores e os piores instintos. As casadas esqueciam-se de seu estado civil quando em presença dele. Nos bailes da polícia, no quartel do campo de Sant'Ana, e nos saraus ao ar livre, na rua das Belas Noites, elas o comiam com os olhos, exalando suspiros por trás dos lenços de cambraia e das varetas de seus leques. Já as solteiras, mais românticas e sabendo-o desimpedido, viam-se em sonho ajoelhadas ao seu lado num altar. Mas, a estas, Vidigal só dava corda até conseguir o que queria, e depois voltava à sua renitente solteirice. Dizia-se que nunca se casara porque, em jovem, quase um recruta, gostara de uma mulher que não lhe devolvera os olhares, nem mesmo para desprezá-lo, e se limitara a ignorá-lo. Desde então, para se vingar, passou a ter todas as mulheres que desejava, sem se fixar em nenhuma.

Mas Vidigal tinha alguma coisa — pimenta no corpo ou açúcar na alma — porque, quando conquistava uma mulher, era para sempre. A prova é que, qualquer que fosse o desenlace de seus amores, a maioria das mulheres conservava um invencível afeto por ele. Estavam sempre disponíveis aos seus chamados e muitas nunca se casaram, como se continuassem suas eternas noivas. Até a saloia Maria, mãe de Leonardo, estaria na sua reserva amorosa se não tivesse zarpado para Lisboa. Daí que muitos homens o admiravam pela espada, outros o invejavam no amor e quase todos o viam como um modelo a imitar.

Mas havia também os que detestavam Vidigal e não admitiam nem ser vistos em sua companhia. Eram os liberais, os intelectuais, os artistas, para quem ele não passava de um feitor, uma grã-besta — um capanga, quase tão bronco e cobarde quanto os capadócios que perseguia. Para eles, se Vidigal prendia tanta gente, era para obrigá-los, em troca da liberdade, a servir na Guarda Real, com o que estava enchendo a polícia de gente tosca. E, mesmo entre seus adeptos, havia os que discordavam de seu método para extrair confissões — esmurrando e estapeando o suspeito, e deixando para perguntar depois.

Se as orelhas de Vidigal ardiam a esses comentários, não se sabe. Mas muitas pessoas do povo, principalmente as que tinham contas a lhe prestar, cantavam, lívidas, à sua aproximação:

Avistei o Vidigal.
Fiquei sem sangue.
Se não sou ligeiro,
O quati me lambe.

Vidigal e seus homens já chegaram à briga na rua da Quitanda brandindo suas talas, distribuindo lambadas por atacado e planejando apurar futuramente quem fora o responsável pelo conflito. Era um dilúvio de fardas azuis. Por estar nas fímbrias do tumulto quando ele começou, Pedro e Leonardo foram dos primeiros a correr. Com vários soldados nos seus calcanhares, dobraram na rua da Cadeia feito flechas. Mas os homens da lei fizeram o mesmo, donde Pedro e Leonardo deram as costas ao mar e enveredaram quase que voando pela rua do Piolho. Por um momento de indecisão de Pedro, Leonardo passou direto — cada qual seguiu para um lado e os dois se separaram. Quando Pedro se deu conta, estava sozinho na rua, num longo trecho sem iluminação.

À sua volta, era a escuridão, a treva, o terror, com milhares de estrelas sobre sua cabeça. Pedro ouvia sons de tropel ou ruídos de pancadas perto dele, seguidas de gemidos, e podia ser atingido a qualquer instante sem saber de que lado viria o golpe. Nunca antes experimentara tal desproteção ou a sensação de contar apenas consigo mesmo. Mas manteve o sangue-frio. Tateando, sentiu uma parede às suas costas. Aderiu o corpo a ela, para proteger a retaguarda, enquanto seus olhos tentavam se acostumar à falta de luz. Aos poucos distinguiu vultos de soldados brandindo os cacetes em qualquer sombra que se mexesse e às vezes acertando alguma. Pedro resolveu seguir a parede com as mãos e, quando ela dobrou a esquina, continuou seguindo-a e chegou a um lugar iluminado. Era o largo da Carioca.

A cinco metros, viu Leonardo, já sem o capuz, debatendo-se com um enorme soldado e sendo imobilizado por este, que o agarrava por trás.

Pedro correu para ajudar Leonardo e lembrou-se de que trazia na algibeira o limão-de-cheiro. Tirou-o e saltou sobre as costas do brutamontes, ao mesmo tempo em que, com toda a força, espremeu a bola de cera com a água de pimenta na cara do homem, atingindo-lhe pelo menos um dos olhos. O soldado gemeu de dor, mas esticou um braço para trás, com o que afrouxou a garra sobre Leonardo, e este se libertou. Ainda de costas para Pedro, o soldado conseguiu agarrar o seu capuz e arrancá-lo, mas, quando ele começou a se virar para atacá-lo de frente, Pedro o soltou com força e o empurrou. O homem rodopiou e caiu sentado num balaio que alguém deixara no chão.

Pedro fez um sinal para Leonardo e os dois correram para longe dali. Por um segundo, o soldado ficou comicamente dentro do balaio, com o capuz de Pedro na mão, aproveitando-o para enxugar os olhos e tentar identificar o autor da ofensa. Tudo se passou muito depressa. Já refeito, ou quase, levantou-se e correu na direção dos meninos, apoiado por meia dúzia de granadeiros que tinham se juntado a ele.

Pedro e Leonardo, mais leves, subiram correndo o morro de Santo Antonio. Atrás deles, ouviam os gritos ofegantes dos soldados mandando-os parar. Mas eles não podiam parar. No alto do morro, ziguezaguearam entre os adros da igreja e do convento de Santo Antonio e da igreja e da capela franciscanas. O chão de pedras foi substituído por uma vegetação rala, mas eles continuaram correndo, como dois potros bravos, de olhos no chão, para não pisarem em buracos. Viraram à esquerda, sem saber para onde estavam indo e, somente quando levantaram a cabeça, é que viram até onde a fuga os levara. A uma pequena esplanada que ligava o morro ao topo do grande aqueduto.

Os Arcos da Carioca.

A monumental arcaria de pedra e cal se oferecia a eles, com seus quase 300 metros de extensão a se perder na noite, rumo ao morro do Desterro. Apesar da escuridão, Pedro e Leonardo podiam ver a garganta de amuradas, abrigando o cano de argila que trazia a água do rio Carioca. Os meninos saltaram sobre a manilha e correram ainda mais depressa, a 18 metros do chão da Lapa. Na disparada, foram deixando para trás, lá embaixo, a rua dos Arcos, cortada pela rua do Lavradio, e a de Mata-cavalos. Visto de cima, o crepitar das velas acesas dentro das casas fazia a cidade parecer uma comunidade de pirilampos. Mas eles não tinham tempo para olhar, só para correr — era melhor nem olhar —, cuidando para não escorregar do cano e esperando que os soldados do Vidigal, cujas botas ouviam a distância, desistissem da perseguição.

Bem no meio dos Arcos, sobre a rua das Mangueiras, pararam por um instante, para apurar os ouvidos, e sentiram que o ruído das botas inimigas diminuíra ou silenciara — como se os soldados tivessem feito alto para descansar ou dado meia-volta. Mas, e se fosse um truque? E se apenas tivessem tirado as botas para correr melhor?

Pedro e Leonardo esperaram um pouco mais. Na súbita quietude, era possível agora ouvir até o ruído da água dentro do cano — a água que nascia das fontes do Corcovado, do Silvestre e das Paineiras, descia por quilômetros de suaves quedas até Laranjeiras, formava o rio Carioca e tomava o aqueduto para abastecer os chafarizes da cidade. O barulhinho do líquido escorrendo despertou-os para o fato de que estavam há horas sem urinar. Assim, depois de se certificarem de que não vinha mais ninguém pelo aqueduto, Pedro e Leonardo botaram os pipis para fora, miraram os ornamentos vazados na amurada e regaram a Lapa lá de cima mesmo, pelo buraco, do alto dos Arcos.

Eles também estavam exaustos, mas não podiam facilitar. Retomaram a corrida no mesmo ritmo, ou tanto quanto lhes permitiam as pernas e os pulmões, e finalmente chegaram ao Desterro, perto do convento de Santa Teresa. Quase sem fôlego, desceram pela ladeira que dava para a rua dos Barbonos, entraram pela travessa do Mosqueira e saíram defronte à igreja, no largo da Lapa. Estavam a salvo.

Para Leonardo, uma correria como aquela era quase de rotina, mas, para Pedro, não podia ser mais emocionante. Nos últimos 15 minutos, ele protagonizara um qüiproquó entre a multidão e a tropa, a luta contra os homens do Vidigal, a fuga pelo morro e a travessia pelos Arcos. Aquela estava sendo a maior aventura de sua vida — algo com que sonhara desde o dia em que espiara pela janela de seu quarto no Paço e vira o Rio à sua frente pela primeira vez.

"Logramos a tropa, Leonardo!", exclamou Pedro. "Somos muito rápidos para eles. Devem estar cobertos de vergonha e humilhação pela derrota!"

Que tolo o Pedro, pensou Leonardo. Não sabia que era preciso derrotar a polícia — sempre —, mas que era perigoso humilhá-la. Os soldados nunca esqueciam uma ofensa e não se davam por contentes enquanto não fossem à forra. E, quando isso acontecia, seus chicotes sobravam para todos, até para quem apenas testemunhara a humilhação, e exatamente por isso.

E só então Leonardo lhe disse, com o ar mais natural do mundo, que o soldado em cujos olhos ele, Pedro, espremera o limão-de-cheiro com água de pimenta — e, com isso, ganhara um inimigo formidável e para sempre — era o major Vidigal.

7

Em que Vidigal é abandonado por seu antigo Verniz e Leonardo é apresentado a bacias de prata e faqueiros de *vermeil*

Vidigal ouviu passos céleres atrás dele e sentiu quando alguém se jogou sobre suas costas enquanto ele, curvado para a frente, imobilizava o estróina Leonardo. O normal seria que, com uma rabanada de ancas, atirasse longe o invasor. Mas não teve tempo para isso — seu olho direito foi atacado com pimenta e ardeu de forma quase insuportável, como se estivesse sendo picado por agulhas. Quando instintivamente levou a mão ao rosto, soltou o menino que estava segurando e ele escapou. Ainda tentou agarrar o outro pelo pescoço, mas, sem ver o que fazia, só conseguiu arrancar-lhe um capuz de aniagem. Indefeso, porque ainda cego pela pimenta, foi empurrado com força e, a grande espanto, caiu sentado dentro de um balaio que alguém deixara por ali. Jamais sofrera tal ignomínia em sua longa carreira de combate nas ruas.

Os dois diabris fugiram e Vidigal tentou correr atrás deles, mas seu olho parecia estar concentrando o sangue inteiro de seu corpo — as pessoas, a rua e o que quer que fosse à sua volta, tudo era vermelho. Os granadeiros foram atrás dos garotos e, assim que se recobrou, Vidigal juntou-se a eles ao pé do morro de Santo Antonio.

De longe, com apenas um dos olhos, Vidigal viu quando os pequenos crápulas chegaram ao alto do morro. Tentou seguir seus homens e conseguiu vencer parte da escalada. Mas, antes de chegar ao topo, não agüentou mais. Sua agilidade ainda era formidável na planície, mas, nas encostas, os foles lhe faltavam e seu peso, agravado pelo agora farto par de glúteos, o aprisionava ao chão — cada passo era uma luta entre sua vontade de ferro, que o ordenava a continuar subindo, e uma satânica voz interior, que lhe dizia como seria delicioso deitar-se e descansar o corpanzil num colchão de penas. E como se tornara difícil respirar, meu Deus. Em meio à subida, Vidigal se deixou ficar, prostrado e ofegante, sentado numa pedra. Com um dedo, fez sinal aos homens para que continuassem a perseguição.

Mas sabia que era inútil — os garotos estavam muito à frente. Tinham fugido pelo aqueduto, que logo atravessariam, e desapareceriam pelas frestas de Santa Teresa. Mais fácil seria capturá-los nos próximos dias, quando fossem vistos distraídos na cidade. Um deles era seu conhecido: Leonardo, filho do Pataca e da Maria, o meirinho e a doidivanas, ambos há tempos fora de circulação. O filho saíra aos pais, duas boas biscas. O outro, como lhe seria descrito, era um menino bem vestido e bem tratado — não haveria muitos como ele pelas esquinas. Cedo ou tarde, cairiam nas suas mãos e, então, descobririam quem tinha mais garrafa vazia para vender.

Vidigal se perguntava apenas, e que ninguém lhe ouvisse o pensamento, se um fracasso como este não seria um sinal de que já não era o mesmo homem. Estava há mais de vinte anos na polícia, perseguindo tratantes, brejeiros e suciantes de todas as plumagens, todos os dias, todas as noites, todas as madrugadas. Era um cavaleiro andante, um Quixote bem-sucedido, um herói das ruas — até seu cavalo Tritão era um herói. Como poderia duvidar de si mesmo?

Mas as coisas haviam mudado. Já não o desafiavam os bandoleiros e valentões de outros tempos — gente perigosíssima, como os capoeiras Pula-de-Lado e Coice-nos-Bagos, os espanhóis Pantoja e De La Vega (desassombrados como só eles), o carniceiro Salazar e os criminosos de aluguel Lugão e Cabrão, mestres em requintes de crueldade, como castrar suas vítimas a navalha e atirar os testículos para seus cachorros. Vidigal prendeu-os todos, que foram condenados à "morte natural para sempre" — ou seja, à forca — e assistiu às suas execuções no largo da Prainha, misturado à multidão que tremia só de olhá-lo. De outras vezes, Vidigal defrontou-se com facínoras que lhe apontaram pistolas ao peito. Mas sempre se safou porque, se eles eram manhosos, Vidigal o era muito mais.

Durante aqueles anos, eram tantas as solicitações que Vidigal não conseguia dormir em sua cama. Tinha um catre adrede preparado no quartel, para eventuais cochilos, e só de vez em quando ia à sua casa, na rua da Misericórdia, para abrir as janelas e dissipar a morrinha. Incansável e incorruptível como era, Vidigal só saía do sério e se tornava um perfeito babão, como ele próprio dizia, "em função do elemento feminino". Tanto fazia que estivesse até as orelhas numa busca — sempre lhe sobrava tempo, a desoras, para escalar sacadas e, com a cumplicidade das alcoviteiras, visitar as senhoras e senhorinhas que lhe ofereciam seus favores.

Mas isso fora no tempo dos vice-reis, antes de 1808, quando o Rio era uma extensa aldeia à beira-mar, quase despovoada durante o dia e às escuras às altas horas, aberta a uma escória de pistoleiros, traficantes de escravos, salteadores e até dementes transtornados. Certa noite, ele ouvira gritos e vira sangue brotando por baixo da porta de um pequeno prédio no beco dos Barbeiros. O sangue chegou à calçada e formou uma poça no meio-fio. Para que aquilo estivesse acontecendo, pelo menos cinco pessoas deveriam estar sendo mortas a facadas no andar de cima. Pois Vidigal subiu as escadas, evitando pisar no filete que escorria pelos degraus, e defrontou-se com a cena: Policarpo, o conhecido louco da região, já limpando o sangue da peixeira na perna da calça, acabara de degolar, um a um, todos os membros de sua família, ali mesmo, na sala. Como conseguira fazer isso sem que um ou outro fugisse nunca se soube. Mas, gelado como sua lâmina, Policarpo contou que a culpa era deles, porque tinham comido seus cambucás. Do ponto de vista da polícia, grandes tempos aqueles, em que se matava por um cambucá.

Vidigal era saudoso, em particular, do período do conde de Resende, de 1790 a 1801. Neste, os criminosos não se limitavam aos mandriões do Valongo ou de Mata-Porcos, cujas ferramentas eram as garruchas e os punhais. Havia também os criminosos políticos: homens finos e cultos, que, às escondidas, contestavam a autoridade real e faziam pregações revolucionárias contra a Coroa. Para descobrir e sufocar esses patuscos, não adiantava ir à bruta. Havia que armar redes de informantes, infiltrar espias em seus grupos e até aprender a falar como eles, usando palavras que eles viviam empregando, como "labéu", "pálio" e "temor servil", seja lá o que elas significassem.

Foi assim, por exemplo, que Vidigal estourou um grêmio "literário" na rua do Fogo, cujos membros, em vez de recitar trovas e poesias, discutiam um político radical francês chamado Saint-Just e escreviam manifestos pela "independência do Brasil". É verdade que, nesse caso, Vidigal só os desbaratou porque foi bafejado pela sorte — quando um dos conspiradores, o jovem advogado Murtinho, encomendou uma bandeira a mademoiselle Didi, famosa bordadeira francesa da rua dos Latoeiros.

Mademoiselle Didi estava longe de ser uma artesã comum. Em Paris e Versalhes, era nada menos que a capitã das bordadeiras do ateliê-usina de madame Bertin, modista oficial de Maria Antonieta e responsável pelos brocados bordados a ouro dos vestidos da rainha. Mas, em 1789, veio a Revolução, depois o Terror, e a cabeça de mademoiselle Didi, como a de todos que se ligavam à Coroa, foi a prêmio. Ajudada por seu amante, o marquês de Porquerolles, mademoiselle Didi escapou para o Rio, via Lisboa, no dia seguinte à prisão de Maria Antonieta na Concièrgerie. Quando a rainha foi morta na guilhotina, ela jurou que só se consideraria de novo francesa quando um dos Luíses voltasse ao trono da França, no lugar daqueles republicanos vestidos de molambos. Mas quem subiu ao trono foi o odioso *parvenu* que se promovera a imperador — Napoleão —, e mademoiselle Didi conformou-se em amar os Bragança como se eles fossem sua família.

Se soubessem disso, Murtinho e seus companheiros de conjura teriam procurado outra bordadeira — e o incrível era que não soubessem. Mas, além de mal informados, os subversivos deviam estar muito confiantes no sucesso de seu plano porque, antes mesmo de depor o vice-rei e proclamar a Independência e a República, já tinham criado até uma nova bandeira para o Brasil.

Quando Murtinho lhe mostrou o desenho a ser costurado e bordado, mademoiselle Didi faiscou seus olhos muito pretos e logo viu do que se tratava. A bandeira mostraria um retângulo azul contendo um losango branco. Dentro deste, um círculo vermelho salpicado de estrelas (entre elas, o Cruzeiro do Sul), atravessado por um dístico também branco, onde se lia em letras azuis a inscrição em latim *"Salus populi suprema lex esto"*.*

Murtinho não lhe explicou o que essas palavras queriam dizer, nem mademoiselle Didi lhe perguntou. Não precisava. Era evidentemente uma senha revolucionária — algo, para ela, tão revoltante e hipócrita quanto *"Liberté, égalité, fraternité"*. E, contendo os enjôos, constatou que as cores da bandeira — não mais as cores de Portugal, mas escandalosos *bleu, blanc, rouge* — só faltavam cantar a "Marselhesa".

Como estava sendo bem paga para a tarefa, mademoiselle Didi bordou a bandeira com o capricho exigido por sua reputação, com sedas e linhas de cores firmes, mas tapando o nariz para não se contaminar pelo indisfarçável odor de republicanismo. E, antes de entregá-la ao advogado Murtinho, convidou seu *cher petit ami*, o major Vidigal, a seu ateliê.

"O que acha disso, *mon chou?*", disse ela, exibindo a bandeira para Vidigal. E acrescentou, com sua bela boca vermelha, cheia de RR: "Parece que temos uma Bastilha a derrubar no largo do Paço, *n'est-ce pas?*

---

* "Que a salvação do povo seja a lei suprema."

E onde será armada a guilhotina para o pescoço de *mon chouchou*?"

Vidigal entendeu plenamente. Tomou nota do nome e do endereço do tredo advogado, pediu a bandeira à bordadeira e prometeu entregá-la ele mesmo naquele antro de sedição. Mas, antes de sair com a bandeira, levou mademoiselle Didi para os fundos do ateliê e, em reconhecimento à glória de seus seios opulentos e pernas compridas, sem tirar as botas e apenas arriando as calças, passou-a três vezes pelas armas — barba, cabelo e bigode — em menos de meia hora. Nessa época, ele não vacilava: seus instintos respondiam imediatamente a seu desejo, e o sangue fluía pelos corpos cavernosos à menor solicitação. Deixando mademoiselle Didi extasiada e ainda com o *dérrière* apontado para o teto, Vidigal despediu-se e foi embora.

Na mesma noite, sozinho e com a bandeira enrolada no pescoço, Vidigal abriu com um soco a porta do advogado Murtinho, na rua das Violas, e foi logo lhe dispensando vários coques no coco, como os tutores fazem com as crianças. Depois, tomou-o pela orelha e, arrastando-o por ela até a rua, obrigou-o a conduzi-lo ao ninho subversivo, o qual consistia no dito grêmio "literário" na rua do Fogo, a um quarteirão de distância. Para sorte de Murtinho, era perto. Mas, se fosse do outro lado da cidade, nos baixos do Catete ou do Boqueirão, Vidigal o levaria pela orelha do mesmo jeito, para ensiná-lo a respeitar o trono.

Murtinho, quase sem fala, mas com gestos, indicou a casa da traição. Só então Vidigal soltou-o e meteu o pé na porta. Esta se abriu com um ribombo e, sempre sozinho, ele deu voz de prisão aos quatro ou cinco revolucionários presentes. Como previa, não encontrou nenhuma resistência, nem armas, nem alçapões camuflados cheios de munição — nada que indicasse a tomada do poder pela força. Ao contrário, os únicos instrumentos letais à vista eram penas de ganso, tinteiros, resmas de papel e alguns mata-borrões, tudo comprado na Papelaria Bouvoir, na rua do Ouvidor. A provar que se tratava de uma conspiração platônica, os revolucionários se deixaram prender com o maior desbrio, e apenas um, o poeta Procopinho, se deu mal. Engoliu uma lista secreta de candidatos a ministros do novo regime, escrita em código e num minúsculo pedaço de papel. Mas, como não a mastigou direito, teve depois uma deprimente dor de barriga. (A lista seria recuperada e, apesar de alguns estragos provocados pela digestão de Procopinho, serviria de base para outra leva de prisões.)

Aqueles, sim, eram os bons tempos. Infelizmente para Vidigal, as coisas tinham mudado muito. Com a chegada da Corte, em 1808, o Rio se tornara o brilhante reduto do poder, com uma *féerie* de recepções de gala, um desfile de fardas e chinós pelos salões e uma febril agitação comercial, com as vitrines decoradas, cheias de artigos vindos da Europa, da Índia e da China. Em pouco tempo, seria uma metrópole, sem lugar para ferrabrases e bandidos marca-barbante.

Graças em boa parte a ele próprio, esses bandidos haviam desaparecido — pareciam ter se mudado para as províncias. A Vidigal e suas milícias só restara combater distúrbios de rua, provocados pelo excesso de libações alcoólicas, e vigiar as malhações do judas. As quais eram permitidas, exceto quando o judas era, como ele, uma autoridade do rei. E ele era um dos favoritos das malhações.

Todo ano, no sábado de Aleluia, era a mesma coisa. Bem cedo de manhã, Vidigal ficava atento às salvas de foguetes e aos bimbalhos dos carrilhões. Eram o ponto de partida para as corridas aos judas que, de madrugada, tinham sido pendurados nos postes e árvores. Meninos, jovens e adultos se atiravam a eles com inexplicável ferocidade, cantando versos ofensivos à figura representada, enquanto espancavam o boneco, esganavam-no, cuspiam nele e, quando já estava quase em tiras, enforcavam-no e, finalmente, lhe ateavam fogo. Vidigal não teria nada a opor a essa prática, se não fosse justamente ele o judas em vários bairros da cidade, como o Castelo, a Glória, Laranjeiras, o Rio Comprido e a Ilha do Governador — e, por mais que corresse de um pé para o outro, não tinha como impedir que o enxovalhassem em pontos tão distantes entre si.

Vidigal lastimava receber essa duvidosa honraria como pagamento por seus tantos anos de sacrifício pela lei. Em suas horas de recolhimento, até já começava a se perguntar se, materialmente, valera a pena. A única coisa que tinha de seu, além do pequeno sobrado na Misericórdia, e que comprara com o soldo de miliciano, eram as medalhas com que fora homenageado a cada promoção. Por mal dos pecados, o metal ordinário de que tinham sido feitas já estava ficando verde dentro dos estojos.

Vidigal sentia também que, fisicamente, os anos começavam a lhe apresentar a conta. Entre outras mazelas, estava com um princípio de gota, lumbago e bico-de-papagaio. Os dentes, quase todos, já lhe tinham dado adeus, o que o obrigava a mastigar as cocadas e rapaduras, que adorava, com as gengivas. E, pouco antes, quando foi visto entrando às escondidas no consultório do Dr. Wooster, na rua do Sucussarará, todos sabiam o que ele tinha ido fazer lá.

Dr. Wooster era um médico inglês radicado no Rio desde a abertura dos portos e especialista em hemorróidas. Aproveitando-se de seu português ainda rudimentar, um gaiato carioca lhe ensinara uma expressão para tranqüilizar seus clientes: "Seu cu sarará" — que o sotaque oxfordiano do médico transformou em "Sucussarará". Mas Dr. Wooster era tão competente que, por ter mitigado os suplícios de centenas de pacientes à custa de untos e dietas, o trecho da rua onde ficava seu consultório — Quitanda, entre Ouvidor e Rosário — ficou conhecido como "rua do Sucussarará".

Vidigal levou meses sofrendo com fissuras e tromboses, e só foi procurá-lo porque sua situação chegara mesmo ao último furo: sempre que partia para uma missão mais distante, montado em seu cavalo Tritão, voltava para o quartel em petição de miséria. A continuar assim, teria de pedir baixa de sua amada Cavalaria. Dr. Wooster examinou-o com sua lupa de cabo de osso de tartaruga, receitou-lhe um ungüento à base de óleo de sapo e decretou que ele nunca mais poderia comer pimenta-do-reino.

Ora, este era um tempero que Vidigal despejava na comida às mancheias, formando espessas nuvens gris sobre seu prato. Quando protestou, dizendo que não conseguia passar sem pimenta-do-reino, Dr. Wooster foi taxativo: ele sofreria menos se temperasse sua comida com pólvora.

Tudo isso já seria suficiente para deixar Vidigal de crista baixa. Mas o verdadeiro motivo para uma certa depressão que ameaçou se instalar no fundo de seu ser era o de que já não se sentia, digamos, tão onipotente como há alguns anos. Ou apenas potente. Ou varão, priápico, viril. Enfim, o antigo verniz o abandonara. Com certa freqüência, não apenas estava agora sujeito a falhar com uma mulher, como não conseguia controlar o prazer e se lambuzava todo ao simples contato com ela. Isso era inédito em sua carreira de homem reconhecidamente *à femmes*.

Não que Vidigal conseguisse articular uma descrição tão minuciosa desses problemas, nem mesmo para si próprio — ou muito menos para si próprio. Sua sensação, difícil de ser traduzida em palavras, era a de estar sendo abandonado por um amigo até então invicto e fiel — seu pênis —, o qual, de repente, decidira murchar e envelhecer antes dele.

Pedro e Leonardo desceram até o Passeio Público, atravessaram suas alamedas e tomaram a rua do Passeio. De lá, contornando o morro do Castelo, dobraram na rua de São José, em direção ao Paço. Eram quase nove da noite e, nas proximidades do palácio, fogos de artifício riscavam os céus, como era de praxe nos feriados e dias de festa. O próprio Paço, todo iluminado, parecia em chamas. Os portões ainda estavam abertos, com gente entrando e saindo, e Pedro passou invisível pelo sentinela — ou porque o sentinela não o conhecia, ou porque não se esperava que um príncipe entrasse ou saísse a pé, pelo portão. E, por estar com Pedro, Leonardo também passou despercebido. Os dois foram direto para o segundo andar, onde ficava o quarto de Pedro.

Genoveva não estava no Paço para ajudá-lo, mas Pedro chamou os criados e mandou-os preparar um banho como se fosse para si. A primeira coisa, para ele, era levar Leonardo à casa de banhos, fazê-lo se lavar e vesti-lo com roupas limpas e dignas, com que pudesse circular pelo palácio. Leonardo não opôs resistência —

estava muito aparvalhado para falar. A cada aposento que atravessavam, seus olhos recaíam sobre os móveis escuros e maciços de jacarandá, os tocheiros e castiçais de prata, os candelabros e espelhos de cristal, os bibelôs de jade e marfim, os tapetes persas e turcomanos — materiais que não saberia descrever ou definir, mas que lhe pareciam de uma riqueza que nem suspeitava pudesse existir. Até então, quando via de longe as casas dos ricos, não entendia por que tinham de ser tão grandes. Agora sabia: era para caber todas aquelas coisas.

Só o incomodavam os olhos nas paredes — os olhos dos antigos reis e rainhas de Portugal, avós e tataravós de Pedro, estampados nos óleos, e que pareciam segui-lo de soslaio. Pedro contou a Leonardo sobre a maldição que há séculos se abatia sobre a Casa de Bragança, segundo a qual os primogênitos sempre morriam antes de pôr a coroa na cabeça, e esta ia para a cabeça do infante. Apenas nos últimos tempos, acontecera com seu pai, D. João, beneficiado pela morte do irmão mais velho, D. José — e acontecera também com ele, Pedro, que se tornara o herdeiro depois da morte de seu irmão Antonio. Para Leonardo, parecia inconcebível que alguém soubesse o que acontecera a seus bisavós ou a parentes ainda mais velhos — pois se os únicos parentes que ele conhecera, e mesmo assim de raspão, tinham sido seu pai e sua mãe.

O Paço também lhe parecia infindável. Eram salas e salões que saíam de dentro uns dos outros, cada qual mais fornido de belezas e confortos. Quando se deu conta, Leonardo estava sem camisa, debruçado sobre uma bacia de prata fundida, removendo o cascão com a água morna que, de uma jarra de porcelana dourada, um dos criados despejava sobre sua cabeça, e se enxugando em toalhas grossas com o monograma real.

Como os dois eram do mesmo porte e tamanho, as roupas que Pedro lhe passou — as mais modestas que o príncipe tirou do armário — caíram-lhe bem. Quanto aos trapos que Leonardo trouxera no corpo, Pedro disse a um dos criados que os levasse para fora e queimasse.

Depois, com uma sineta também de prata, Pedro chamou um camareiro e ordenou que lhes fosse levada a ceia ao quarto. Os dois estavam famintos: ocupados com salvar a vida durante quase todo o dia, não tinham nem se lembrado de comer. Em poucos minutos, da cozinha real, que funcionava dia e noite, chegaram pães, caldos, espetos com codornas e frangos fritos, lascas de aipim, inhame e batata-doce, e, de sobremesa, guirlandas de frutas, goiabada e compotas com queijo-de-minas. O faqueiro de *vermeil* pesava sobre a mesa.

Leonardo nunca vira tanta comida à sua frente. Os pobres, como ele, não tinham tanta escolha e comiam o que houvesse, embora sempre houvesse alguma coisa. Na casa de seu padrinho Quincas, o forte era a sardinha — meia dúzia delas custava apenas um vintém — ou caça, comprada aos vendedores de porta em porta: lagarto, macaco, gambá. Em outras ocasiões, o prato principal era a farinha, mas temperada com bocados de carne-seca ou de porco. Um problema maior era a etiqueta. Como era raro que ele e o padrinho se sentassem juntos à mesa, Leonardo não tinha quem lhe ensinasse e não sabia o que fazer com os talheres. Procurou observar Pedro quando este tomou um garfo para beliscar o aipim ou usou os dedos e dentes para estraçalhar uma asa de codorna. Só se atrapalhou com a sopa — a cada colherada, produzia um ruído de se ouvir no quarto ao lado. Finalmente, em vez de mergulhar os dedos engordurados na colônia, chupou-os e enxugou-os na toalha de linho. Mas Pedro não pareceu perceber nenhum deslize. Estava muito esfomeado para olhar em volta.

Depois de limpar os dentes com palitos tirados de um paliteiro de ouro, meteram-se em camisolões de seda e dormiram. Leonardo, estranhando a princípio os tecidos frescos e escorregadios que o cobriam, sonhou com o luxo do palácio; Pedro, relembrando a emocionante fuga pelo alto dos Arcos, sonhou com a luxúria das ruas — nunca mais iria querer outra vida.

Em que Calvoso descobre que teve o príncipe em suas garras e D. João deixa Carlota com gosto de perereca na boca

O que o inglês Jeremy Blood disse a D. João ao honrar seu compromisso com o rei, mesmo que coberto de farinha e ovos? Que fora atacado à traição e enxovalhado na sua compostura por uma quadrilha de energúmenos em pleno Paço, onde se supunha imperar a ordem e a dignidade? Não — porque não se fala assim a um rei. Nem mesmo um plebeu inglês a um rei português.

Donde Jeremy Blood engoliu o insulto. Lavou-se como pôde no pequeno chafariz no pátio do Paço, enxugou-se com seu próprio lenço e foi ao encontro de D. João na Sala do Trono — apenas para ouvir dele um carão por sua visão amarga do Rio, cidade que o acolhera com tanto amor.

Jeremy Blood tartamudeou as desculpas de praxe, curvou-se em sofridas reverências e teve licença para retirar-se. Não se referiu ao que sofrera. E, ao sair, ainda teve de ouvir do soberano:

"Feliz entrudo, Sr. Blood!"

Lá fora, no pátio, a poucos metros de onde partira o ataque, Blood olhou para cima e sentiu gosto de sangue. Com ou sem entrudo, jurou a si mesmo não descansar enquanto não descobrisse quem o bombardeara com as porcarias e o fizera humilhar-se, descomposto, diante de alguém que ele sequer via como soberano.

E Blood não precisaria se agoniar muito para descobrir. A afronta à sua pessoa tivera uma testemunha silenciosa no outro lado da varanda, longe das vistas do atacante: o infante D. Miguel. Na manhã seguinte, o pirralho esperou pela prometida chegada de sua mãe ao Paço, vinda de Botafogo. Quando dona Carlota apareceu, Miguel foi beijar-lhe a mão na Sala dos Despachos e, aos sussurros, descreveu o ataque de Pedro a Jeremy Blood.

Miguel não fazia aquilo por simples birra contra Pedro. Ao contrário, tanto o admirava e invejava que, acima de tudo, queria ser como ele — ou *ser* ele. Mas Carlota já o instruíra nas artes da conspiração, da intriga e da delação. E Miguel sabia que, com esse tipo de inconfidência para sua mãe, marcaria mais um ponto junto a ela e, cedo ou tarde, seria em troca favorecido.

Dona Carlota ouviu estupefata a história. O insulto a Jeremy Blood cairia nos ouvidos de Sir Sidney Smith, e sabe-se lá com que grau de revolta ou decepção ele reagiria. A ira da princesa contra Pedro manifestou-se, primeiro, nas varizes de seu nariz. Elas inflaram a preocupantes níveis cúbicos e o fizeram tomar a forma e a cor de uma serigüela madura. A princesa ficou perplexa, atônita, apoplética. Tentou falar, mas as sílabas carambolavam dentro de sua boca, sem formar palavras. E só então explodiram, numa sarabanda verbal, chuviscada de perdigotos:

"O maroto! O bruaco! O demônio! Ele quer me arruinar! Como ousa tratar com tal insolência um aliado da Coroa? E um inglês, amigo de Sir Sidney! Mas hei de fazê-lo arrepender-se de ter posto os pés para fora da cama ontem!"

Dona Carlota tinha motivos pessoais para se certificar de que os súditos britânicos no Rio fossem tratados com mãos cheias de dedos. Precisava deles para suas ambições políticas. E ainda mais daqueles, como Jeremy Blood, que eram da intimidade de Sir Sidney Smith, a suprema autoridade marítima do Atlântico Sul. Em jogo estava o destino das colônias espanholas na América, principalmente as da província do rio da Prata — vasto território de interesse dos ingleses e, mais ainda, de dona Carlota. Desde sua vinda para o Brasil, dois anos antes, ela acompanhava com o coração aos pulos a situação em Madri.

Os franceses, fazendo-se de amigos da Espanha contra sua velha inimiga, a Inglaterra, haviam ocupado e tomado o país, e obrigado seu pai, o rei Carlos IV, a abdicar em favor do filho, Fernando VII. Mas o irmão de Carlota também fora afastado e, para vergonha dos espanhóis, Napoleão promovera a rei seu inepto irmão mais velho, o quase sempre ébrio José Bonaparte, para ocupar o trono dos Bourbons. Era como se estes, os últimos descendentes e orgulhosos herdeiros dos Bourbons franceses, tivessem sido duplamente destronados.

Acoelhados, o pai e o irmão de Carlota não opuseram resistência e aceitaram partir para um doce, mas constrangedor exílio em Paris, entre conhaques e perfumes. Uma Junta rebelde se instalou em Sevilha para tentar resistir à ocupação, mas o rei plebeu era apoiado pelos "afrancesados", uma plêiade de fidalgos espanhóis adeptos do republicanismo e ávidos em colaborar com o invasor. Tudo parecia perdido para a Espanha — exceto pelo povo, que não se entregou nunca e enfrentava os franceses como podia, sofrendo massacres que estavam sendo cruamente retratados por um de seus pintores, um certo Goya.

Com o país estraçalhado pela guerra, as comunicações entre Madri e suas províncias na América foram interrompidas. Carlota sabia dos movimentos de independência que fermentavam em várias delas, principalmente em Buenos Aires — com o velado apoio da Inglaterra, tão interessada na separação das colônias quanto na autonomia conferida ao Brasil pela transferência da Corte portuguesa. E Carlota sabia também das ambições expansionistas de Portugal, ansioso em anexar de vez ao Brasil a colônia do Sacramento e, quem sabe, tomar para si o resto do Prata e a costa do Pacífico.

Carlota sabia ainda que, com a Espanha de joelhos, lutando por sua própria vida na metrópole, nenhum movimento separatista na América poderia ser contido pelas armas. A única maneira de impedir o esfacelamento do império colonial seria convencer a Junta a nomeá-la regente das províncias na América, para retomar a autoridade espanhola. Na sua dupla condição de infanta de Espanha e princesa do Brasil, ela ficaria de olho nos ingleses e manteria os portugueses a distância. Carlota contava ainda com que, quando José Bonaparte fosse derrotado e os franceses, expulsos, a Espanha não iria querer de volta os soberanos que a tinham abandonado. O caminho estaria aberto para que ela se tornasse também regente da Espanha — guardando o trono para seu filho D. Miguel.

Mas Carlota não podia cruzar os braços e esperar. Precisava dar duro para tornar realidade uma de suas antigas aspirações: a regência de Portugal e do Brasil. Em 1805, em Lisboa, ela já tramara uma conjura junto a vários fidalgos para convencer a Corte de que D. João estava sofrendo da mesma demência que dona Maria. Para demonstrar isso, deixava "escapar", em tom de confidência, que o príncipe às vezes não dizia coisa com coisa e que imaginava ver fantasmas dentro do armário, atrás das cortinas ou debaixo da cama. Em seus delírios, eram pessoas que "queriam matá-lo" — e ela sublinhava, sibilina: "Foi assim também que a rainha começou." Donde Carlota, falsa como uma moeda de duas caras, "temia" que o príncipe ficasse louco como a mãe, numa época de tantos conflitos na Europa.

A princesa se esquecia de que D. João tratava diariamente dos negócios de Estado com seus ministros e conselheiros, e estes nunca viram nele os sintomas de que ela falava. A escalada da crise européia, com os exércitos de Napoleão trotando sobre a península, fez esquecer os "temores" de Carlota. E, depois, a fuga para o Brasil parecia ter sepultado o assunto.

Estava na hora de retomá-lo. E Carlota, agora, dispunha de novas armas e estratégias para que, quando D. João fosse se sentar, ela puxasse o trono para si e fizesse seu marido se esbodegar no chão.

Era domingo e, ainda por cima, de Carnaval, mas Calvoso saiu de casa pela manhã e bateu à porta de Leopoldo Espanca na rua da Alfândega, sabendo que ele morava no sobrado de sua oficina de lapidário. Se quisesse, poderia ter esperado até segunda-feira e escolhido qualquer outro negociante de ouro e jóias, como o Farani, o Valverde ou o Montenegro, que eram os mais ricos da rua dos Ourives. Mas Calvoso sentia-se mal só de entrar nas lojas desses comerciantes. Na parte da frente, via-se cercado por uma festa de vidros e espelhos, que multiplicavam o brilho das pedras expostas nos balcões, e se achava quase indigno de estar ali. E só Deus — ou os próprios Montenegro, Valverde e Farani — sabia quantas arrobas de ouro em pó ou em barra passavam por aquelas balanças. Comparado a tais potentados, o Espanca era quase um borra-botas, com sua lojinha mal aviada — uma bancada empoeirada e de nenhum fulgor aparente, não por acaso com duas portas voltadas para a baça rua da Alfândega e apenas uma para a ofuscante rua dos Ourives.

Mas era com ele que Calvoso se entendia melhor. Certa vez livrara-o de boa, salvando-o de ser assaltado na rua do Piolho por dois ciganos que, pelo visto, sabiam que ele, Espanca, trazia um saquinho de ouro na algibeira. Os ciganos tentaram o velho golpe: um esbarrão "casual" na rua, a queda do papalvo na calçada e, enquanto um dos ladrões o "acudia", falando rápido para confundi-lo, as mãos do outro se imiscuíam pelas dobras do casaco e o aliviavam silenciosamente dos bens. Calvoso passava por ali e assistiu por acaso à operação. Logo percebeu do que se tratava e, mesmo sem saber qual era o alvo dos ciganos, jogou-se sobre eles antes que completassem o golpe. Os ciganos foram postos para correr, e Espanca, certificando-se de que não tinha sido roubado, mostrou a Calvoso o saquinho de ouro. Calvoso quase se arrependeu de ter frustrado o plano dos ciganos — com a ajuda de Fontainha, tê-los-ia pegado de jeito numa rua deserta e lhes tomado o ouro (e, se eles estrilassem, ninguém acreditaria — quem já viu um cigano ser roubado?).

O quase idoso Espanca, veterano das minerações de Cuiabá, mas que achara mais ouro na esquina de Alfândega com Ourives do que em toda a província do Mato Grosso, ficou em dívida para com seu salvador. Este era um dos motivos pelos quais Calvoso o preferia aos outros joalheiros. E também porque, ao contrário destes, que eram quase honestos, Espanca não tinha muitos escrúpulos. Comprava e vendia jóias roubadas, suas balanças eram viciadas e ele estava sempre pronto a ajudar um escroque em apuros, desde que levasse algum em troca. Sua loja era quase que só uma fachada.

Calvoso tirou do bolso o cordão de ouro e o medalhão, e os depositou sobre a bancada do artesão. Espanca examinou o cordão e jogou-o num dos pratos da pequena balança. Era ouro de qualidade, tinha valor. Quanto ao medalhão, sopesou-o, arranhou levemente a ferrugem de sua superfície com a ponta de uma faca e examinou o corte com a lupa.

"De onde saiu isto, Calvoso?", perguntou.

"Tomei-o emprestado a um menino", Calvoso respondeu. "Por quê?"

"Depende do que queres saber. Quem é o menino?"

"Já vi que não irás acreditar, mas não sei. Só sei que se chama Pedro."

Espanca olhou bem para Calvoso, como que se certificando de que o amigo dizia a verdade — e também para pensar em como lucrar com sua informação.

"O medalhão é de bronze trabalhado a martelo", disse Espanca. "Deste lado, temos a Cruz de Guerra, destinada apenas ao mais alto escalão da Cavalaria — por isto é de bronze, e não de metal mais nobre. Traz no reverso as armas do Império Português. As duas imagens significam que só pode ser usado pelo príncipe real. Há um retrato de D. João no Paço em que se vê o regente com um medalhão parecido no peito. Mas,

hoje, deve pertencer ao príncipe herdeiro — o menino
D. Pedro de Alcântara..."

Calvoso ouviu aquilo e só aos poucos foi enten-
dendo tudo: o porte principesco, a coragem, a altivez
de sua quase vítima — e o nome, que não podia ser
coincidência. Percebeu que tivera em mãos a sagrada
pessoa do herdeiro da Coroa, que o jogara ao chão com
a intenção de roubá-lo, que podia tê-lo ferido e que,
apenas pelo ultraje, seu inevitável e merecido destino
seria a forca. Gelou, assustado — ele, que sempre se
julgara tão astuto, nunca imaginara que poderia morrer por algo que fizera sem saber. Mas logo algo lhe
ocorreu.

O assalto ao menino acontecera na tarde da véspera. Por que, tantas horas decorridas, a Guarda ainda
não fora buscá-lo ao beco do Telles e o levara para a
prisão do Aljube? O que estaria atrasando o príncipe
para mandar prendê-lo? E como Espanca podia ter tanta certeza sobre o medalhão?

"Como sabes tanto sobre essa peça, Espanca?"

"Porque já vi outra com essas mesmas efígies,
Calvoso. Mas, se quiseres saber mais, esta informação
não te sairá de graça..."

Calvoso tentou negociar com Espanca. Quase
chorando, admitiu que o menino que tivera em suas
garras talvez fosse mesmo o príncipe D. Pedro. Mas
isto só lhe complicava a situação, porque ele poderia ser
preso a qualquer momento e, da próxima vez que o vis-
sem, estaria dependurado, de baraço no pescoço e com
a língua para fora. E, se o medalhão fosse de fato o que
Espanca dizia, tornar-se-ia quase inegociável — nem
ele próprio, Espanca, poderia vendê-lo a qualquer um.
O que fazer? Como se salvar? Calvoso finalmente explodiu em soluços.

Espanca comoveu-se por Calvoso. Sabia que o homem era ordinaríssimo e que, se o pesassem, não valeria meia pataca — mas quem valia mais que isso, inclusive ele próprio?

Para tranqüilizá-lo, o ourives assegurou-lhe que, incrivelmente, o medalhão era a sua salvação. Ele era a prova, não apenas de um passado que a ninguém interessava trazer de volta, mas de um presente perpétuo e ainda mais comprometedor. Seu valor de troca — continuou Espanca, baixinho — era difícil de estimar. Podia não valer nada imediatamente...

Ou podia valer um trono.

Como fazia todos os dias ao ser despertado às seis da manhã pelo conde de Paraty, D. João ajoelhou-se diante de seu oratório de pau-santo, alumiado a velas bentas, e rezou por mais um dia de paz para sua regência e para todos no Brasil. O fígaro barbeou-o e, com a ajuda dos criados, ele lavou o pescoço, o rosto e os dentes, removeu cera dos ouvidos com o dedo mindinho e aplicou água-de-rosas atrás das orelhas. Trocou a camisola pelos trajes oficiais — cada dia mais difíceis de vestir, pelo volume de suas pernas e de seus meridianos — e foi assistir à missa na capela do Paço. Era sempre uma missa cantada, estrelada por um coro de *castrati*, e o repertório às vezes incluía peças do padre José Mauricio. Voltou para o pequeno almoço na Sala das Merendas e, seguindo recomendações do Dr. Picanço, seu médico, absteve-se de ser servido dos pratos de que mais gostava e que formavam seu cardápio habitual: arroz com chouriço, galetos ou pombos fritos, suã de porco com batatas coradas e, de sobremesa, laranjas e mangas da Bahia.

Suspeitando-o com diabetes, o Dr. Picanço prescrevera-lhe ficar a caldos por uns tempos. Ou seja, de dieta. O que D. João cumpria atentamente — mas, no seu caso, o caldo era de mão-de-vaca, guarnecido por torresmos, ovos fritos e molhos picantes, e ele não dispensava as mangas e laranjas para lhe acalmar o paladar. Seus filhos Maria Teresa, Pedro e Miguel, e seu sobrinho D. Pedro Carlos, infante de Espanha e que viera com eles de Portugal, acompanhavam-no no desjejum. Era a única hora do dia em que se via com os jovens príncipes, todos reunidos.

O pequeno Miguel fingia concentrar-se nos refrescos e bom-bocados do café-da-manhã, mas não perdia nada do que se dizia ou fazia ao seu redor. E, assim como Pedro, já percebera que seu primo Pedro Carlos, de 24 anos, e sua irmã Maria Teresa, de 17, não ficavam de mãos quietas debaixo da mesa — algo parecia estar sempre acontecendo sob as toalhas. E estava mesmo.

Comentava-se pelos umbrais do palácio que Pedro Carlos e Maria Teresa estariam secretamente prometidos em casamento, e que as bodas seriam marcadas para 13 de maio, dali a três meses — não por acaso, dia do aniversário de D. João. Não se sabe como a notícia transpirara, mas até agora ninguém a desmentira. O fato é que, a se confirmar os rumores, o noivo não estava com muita paciência para esperar pela bênção nupcial. Como resultado, a mesa dava saltos com os tapas que Maria Teresa, fingindo muda indignação, aplicava à mão de Pedro Carlos.

O curioso é que, além de serem efetivamente primos, Pedro Carlos e Maria Teresa tinham sido criados como irmãos desde tenra infância, em Queluz, em Lisboa e no Rio, e ninguém poderia exigir deles qualquer vestígio de volúpia ou malícia. Aquele casamento, se se realizasse, seria um simples arranjo entre as casas de Bourbon e Bragança, para estreitar ainda mais as relações entre elas, diante das afrontas francesas à península — e como se os dois já não fossem Bourbons e Braganças por todos os lados.

Em matéria de casamento, as duas famílias nunca se aventuravam para muito longe de seus palácios. À falta de uma arquiduquesa ou de um duque da casa d'Áustria para esposar seus infantes, casavam-nos entre eles mesmos — com o resultado de que, além de marido e mulher, quase todos os Bourbons e Braganças eram primos, sobrinhos, tios, sogros, genros, cunhados, padrastos e enteados uns dos outros, tudo ao mesmo tempo, além de terem as caras escarradas entre si. Para não falar nos nomes, que eram também de uma enervante reincidência: uma sucessão de Joões, Pedros, Isabéis, Marianas e Franciscas — de raro em raro surgia um Carlos ou uma Amélia. Não fossem as lições em que aprendiam os algarismos romanos, nem eles se entenderiam.

E por que esse açodamento de Pedro Carlos pelas intimidades de Maria Teresa se ela lhe podia ser tudo, menos uma novidade? Porque, até bem pouco, os sete anos de diferença entre eles impediam que cada um tivesse um interesse muito vívido pelas virtudes do outro. Mas, agora, com Maria Teresa em botão aos 17, o abrasado Pedro Carlos podia ver que, pelo decote dos vestidos de sua quase irmã, saltava um par de formas morenas e redondas — os seios das Bourbons — que palpitavam como se tivessem vida própria e pareciam implorar para ser afagadas. Quanto às demais qualidades da rapariga, escondidas por polpudas camadas de panos, ele só podia fantasiar — e como fantasiava! Era, de fato, uma moça atraente, bem ao contrário de suas medonhas irmãs. E, não que isso fosse muito importante para ele, mas Maria Teresa era bem informada e cheia de opiniões — seu pai lhe falava todos os dias da situação internacional e dos negócios da Coroa, como se fosse ela, e não Pedro, que, no futuro, o sucederia.

Para Maria Teresa, também o fato de ter completado 17 anos permitiu-lhe ver em Pedro Carlos aquilo que, em sofrido silêncio, já suspeitava havia algum tempo: que ele se tornara um belo rapaz, de românticos olhos pretos e, pelo que escutava dizer, de uma insaciável vitalidade.

Graças às inconfidências em palácio, não escapavam a ninguém, nem a Maria Teresa, os volteios e galopes de Pedro Carlos com um sem-número de mulheres. Testemunhas garantiam tê-lo visto pelas antecâmaras do Paço ou da Quinta com desde a mais sapeca escrava da ucharia até as mais vistosas açafatas, que ele desonestava sem dó nem piedade. Outras viram-no praticando inconveniências com imponentes damas da Corte, algumas tão mais velhas do que ele que suas pelancas compunham um formidável contraste com seu ardor rapazil. Um dos relatos, certamente apócrifo, falava de D. Pedro Carlos, de farda, botas e condecorações, às voltas com uma cocoroca na cama desta, e numa atividade tão intensa que, à medida que ele se movimentava, suas esporas iam rasgando os filós do mosquiteiro. Maria Teresa ouvia sobre essas cambalhotas do noivo com ar sonhador, mas atribuía tais aventuras a uma certa fatalidade masculina — "Coisa de rapazes!" —, capaz de ser revertida pelo amor.

E nem ela própria sabia o quanto era apaixonada pelo primo. Mas, naquela manhã, bem cedo, quando seu pai a chamou à Sala dos Particulares para informá-la de que, doravante, D. Pedro Carlos era seu noivo, a felicidade de Maria Teresa pareceu transbordar de seu pequeno coração. Nunca os seios morenos e redondos palpitaram com tanta ênfase no decote. Maria Teresa apenas não imaginava que, a partir dali, em qualquer lugar que estivessem, as mãos de Pedro Carlos só abandonariam o interior desse decote para tentar explorar o incandescente conteúdo das anáguas.

A decisão de D. João de casar a filha com alguém tão perto de si, e que ele estimava como a um filho, tinha razões públicas e secretas. Entre as primeiras, já era hora de oferecer um lauto rega-bofe ao povo carioca. Desde a chegada da Corte, todos os aniversários reais haviam sido comemorados com os folguedos de sempre: cantos e danças pelas ruas, moedas jogadas para quem as conseguisse pegar e anistia aos presos por pequenos deslizes, como assaltar a caixa de esmolas das igrejas ou bolinar viúvas durante a missa. O povo do Rio recebia com encanto e prazer essas festas. Mas as celebrações pelo casamento dos infantes da Espanha e de Portugal precisariam ser especiais — ainda mais porque, de propósito, coincidiriam com o dia do aniversário de D. João. Por isto, desta vez, até mesmo a organização da festa de noivado, que se daria dali a alguns dias, seria encomendada ao barão de Campinas e seus prendados pupilos, todos com sensível vocação para as belas-artes.

A outra razão, mais importante, era política. O casamento tornaria D. Pedro Carlos um adulto, capaz de justificar sua candidatura a um augustíssimo cargo: o de regente da Espanha — ou de co-regente, caso a regência, por uma indesejada conjunção de fatores, viesse a cair nas mãos de sua prima Carlota Joaquina. Títulos para isso não faltavam ao infante: era filho do falecido D. Gabriel de Bourbon, príncipe da Espanha e tio de Carlota; e de dona Maria Ana Vitória de Bragança, irmã caçula de D. João e também falecida. E, como se não bastasse, era homem. (O fato de ser mulher não impedia Carlota de chegar ao trono espanhol, mas, desde Isabel de Castela, no século XV, a Espanha nunca mais tivera uma soberana com tanta autoridade. E não sabia se queria ter outra.)

Para todos os efeitos, a idéia de que D. Pedro Carlos aproveitaria o dia de seu casamento para reivindicar a regência da Espanha teria partido de D. João, que tremia à possibilidade de Carlota concentrar um excesso de poder em suas mãos. Era uma idéia brilhante, porque o jovem e leal D. Pedro Carlos, tão português quanto espanhol, seria a garantia de uma união benigna das Coroas ibéricas — e, quem sabe, com o trono no Rio. Para D. João, este seria o melhor dos mundos. Mas, mesmo que tal hipótese não se materializasse, a simples entrada de D. Pedro Carlos no cenário já seria uma pedra no sapato de Carlota, dificultando seus planos de dominação da Espanha.

Não sem motivo, toda a operação fora tramada pelas costas de Carlota. A princesa participava pouco da vida do Paço, embora fosse ao palácio com alguma freqüência, e nada da vida da Quinta, aonde não ia nunca. Quando os rumores começaram a circular e chegaram aos seus incrédulos ouvidos — o príncipe não se atreveria a tomar essa decisão sozinho, ela pensava —, já era tarde. A Carlota, só lhe restou um gosto de perereca na boca.

E, se alguém achasse que D. João, por si, seria incapaz de tramar essa complexa engenharia política, estava enganado. Mas a verdade é que ela surgira de suas confabulações em gabinete com outro homem que também lhe era leal a toda prova: seu conselheiro e ministro da Marinha e do Ultramar, D. Rodrigo de Souza Coutinho, conde de Linhares, inimigo mortal de Carlota.

No passado, quando ainda estavam todos em Lisboa e nem sonhavam com o Brasil, Linhares nunca perdoara a princesa por cercar-se de uma "alcatéia de fidalgos cúpidos" e tramar a perfídia contra D. João, tentando declará-lo louco e forçar sua queda. Para Linhares, Carlota era infiel e desleal como esposa, aleivosa e traidora como mulher e maquiavélica e insidiosa como princesa. Era também a inimiga mais fria e calculista que se podia ter e alguém a quem a prudência aconselhava não voltar as costas — porque Carlota maquinava planos 24 horas por dia, sem dar descanso ou trégua sequer a si mesma.

Nos últimos meses, por exemplo, a calmaria que parecia envolver o reino era apenas ilusória. Enquanto a julgavam quieta, Carlota nunca abandonara um de seus velhos expedientes: a calúnia subterraneamente disseminada contra a dignidade real. Carlota se aproveitava de certas fraquezas ou predileções de D. João para ampliá-las e, aos olhos da Corte, fazê-lo passar por fraco, preguiçoso, apático, comilão e pouco chegado à higiene. E como fazia isto? Escrevendo a seu pai e a seu irmão no exílio — sabendo que essas cartas seriam lidas por intermediários e se transformariam em documentos incriminadores — ou a figuras graduadas em Lisboa e que lhe continuavam fiéis, como os marqueses de Oderfla e Sabugal e os condes de Leitão e Azeviche.

Nessas cartas, Carlota descrevia um D. João alheio aos negócios de Estado e que passava o dia espichado nas marquesas de palhinha da Quinta da Boa

Vista, dormindo de boca aberta, a ponto de lhe entrar moscas — ou devorando frangos fritos com as mãos, lambuzando-se de gordura e limpando-se nas toalhas e nas próprias roupas. Sempre segundo Carlota, o mesmo D. João viveria aos puns pelos salões e, no percurso quase diário entre o Paço e a Quinta, mandava a carruagem parar ao pé do morro de São Diogo para aliviar-se, sentando-se a um troninho próprio para tais fins e na frente até de transeuntes. Um D. João obscenamente gordo, cujas roupas reais mal se agüentavam nas costuras e se desfaziam de tão velhas e imundas, porque ele não as trocava nem mandava lavar. E, pelo fato de o príncipe não tomar banho, gerações de insetos e parasitas passeavam por sua pele e o faziam coçar-se sem parar.

Esse D. João tão descomposto e desprezível não merecia, de fato, estar à frente de um império que abraçava continentes e oceanos, e cujas almas, de todos os tons de pele, se contavam aos milhões. Havia que forçá-lo a abdicar e ceder seu posto à regente — esta era a conclusão a que a campanha de Carlota fazia chegar.

Nem todos suspeitavam de que Carlota distorcia os fatos ou omitia informações de acordo com seus interesses. Para começar, não contava a ninguém que subornara as cozinheiras do palácio para fritar frangos e oferecê-los dia e noite a el-rei, sabendo que ele não teria como recusá-los. Ou que oferecia dinheiro às costureiras da Quinta para refazer as costuras das roupas de D. João e apertá-las, principalmente nas pernas, para torná-las desconfortáveis e fazê-lo parecer bufão e ridículo. Escondia também que D. João não era menos asseado que a maioria dos monarcas europeus e que talvez fosse até mais adepto de banhos de mar — em seu balneário particular, na ponta do Caju — que seus colegas das Rússias e Prússias. E que era de lei o seu ritual de lavagem de mãos após as refeições, com a água-de-cheiro que lhe era levada à mesa pelo barão do Unhão nas tigelas de porcelana.

Talvez Carlota tivesse razão quanto à modéstia do guarda-roupa de Sua Alteza — sem dúvida, de uma comovente simplicidade para um homem em sua posição. Quando, em palácio, D. João se via na companhia de seu nobilérrimo súdito, o conde dos Arcos, ou do sedutor lorde Strangford, cônsul inglês no Rio, e outros, todos esses nobres pareciam mais ricos e elegantes do que ele. Mas até isso podia ser explicado a seu favor. Era melhor ser discreto e comedido como D. João do que leviano e ostentador como seu avô, D. João V, que, em 1721, mandou seus embaixadores a determinada missão no Vaticano e recomendou-lhes que presenteassem com barras de ouro todos os arcebispos que encontrassem — e, se sobrassem barras, que as atirassem no rio Tibre, para que seu nome se perpetuasse em Roma. O que ele quase conseguiu — enquanto durou o ouro do Brasil.

Se se limitasse aos mexericos de caráter pessoal, a campanha de Carlota não ofereceria nenhum perigo, porque sempre haveria pessoas honestas, dispostas a restabelecer a verdade — e esta dizia que D. João era um governante dedicado e assíduo, presente a tudo que dissesse respeito ao reino. A prova estava em suas reuniões quase diárias com os ministros, inclusive para discutir a situação em Portugal, que os franceses continuavam tentando invadir, penetrando pela fronteira espanhola e enfrentando uma violenta resistência popular. Tão violenta, aliás, que já havia soldados franceses fugindo antes de combater — sabiam que, se fossem capturados, seriam degolados, crucificados, queimados vivos ou teriam seus órgãos sexuais arrancados a frio pelos portugueses.

Pela correspondência oficial que lhe chegava pelos paquetes, D. João precisava também administrar a ciumeira de seus regentes em Lisboa quanto à já absoluta supremacia do Brasil nos negócios da Coroa — quase todo o comércio internacional português se fazia agora diretamente entre o Rio e os outros países. Sem falar nos benefícios que já tinha prestado à cidade, como a criação de um banco do Brasil, um jardim botânico, uma fábrica de pólvora, a imprensa régia e uma biblioteca nacional. Como poderia dar conta de tantas atividades se passasse o dia ocupando-se da digestão de frangos? Mas, até por isso, muitos em Lisboa se deixaram convencer por Carlota de que, enquanto a ex-metrópole agonizava em infortúnios, a ex-colônia — por causa de D. João — banhava-se em ouro e azul.

O grave foi quando Carlota começou a inventar pretextos para se indispor com oficiais da Marinha e mandar prendê-los na ilha das Cobras. Com isso, pensava criar um atrito entre a arma e D. João, desmoralizando-o, diminuindo sua autoridade e tentando levar à sua queda. Ou à queda de Linhares, que era o ministro responsável e seu maior adversário. Mas frustrou-se, porque o bem informado Linhares alertou D. João para as artimanhas de dona Carlota e, tão logo iniciadas, as arremetidas da princesa contra a Marinha eram habilmente diluídas e dirimidas por ele.

Para Linhares, o drama de dona Carlota é que não se conformava em ser uma princesa-consorte. Como ela própria lhe dissera certa vez, numa conversa franca que tinham sustentado a portas fechadas no ministério, seu "vigor animal" não a deixava contentar-se em ser a frágil princesa a que o destino queria reduzi-la.

Esse vigor — afirmou Carlota, apertando os olhinhos e vendo seus lábios se contraírem até quase desaparecer — era bastante para torná-la não uma rainha amazona, mas o próprio rei, se preciso fosse, sem distinção de gênero, tão senhora dos homens que a serviriam quanto dos cavalos que cavalgava à masculina, de pernas abertas.

Linhares sentiu ali todo o alcance da ambição de Carlota e temeu pela sorte de D. João. Desde então, convenceu-se de que era preciso dificultar o caminho da princesa, atirando correntes e todos os obstáculos possíveis às suas pernas. Era o que fazia.

Mas Carlota tinha um importante aliado no Rio: o contra-almirante inglês Sir Sidney Smith. E não era uma aliança gratuita — havia entre eles uma miríade de interesses em comum. Era só estender um mapa sobre a mesa. O principal inimigo da Inglaterra continuava a ser a França, e esta tinha a Espanha sob seu domínio. O duque de Wellington estava combatendo os franceses em solo espanhol, mas, para Sir Sidney, se fosse para libertar a Espanha, tradicionalmente hostil à Inglaterra, o ideal seria que ela caísse nas mãos de Carlota. E, enquanto isto não acontecesse, havia também providências a tomar na América. Se Carlota fosse pelo menos regente das províncias espanholas, ele, Smith, se sentiria com aval para virar as velas de sua nau *Tremendous* na direção do rio da Prata e apontar seus 74 canhões contra Buenos Aires, para evitar que a região caísse em mãos francesas — ou que as províncias fizessem a independência sem a participação da Inglaterra. Fosse qual fosse o desfecho, sua aliança com Carlota era da maior conveniência para ambos.

Sir Sidney não se limitava a discutir política ou a urdir ciladas em seus encontros com a princesa no palácio desta em Botafogo. Todos os dias, ao cair da tarde, o oficial inglês pegava seu cavalo e tomava a trilha de mulas que começava no Catete, atravessava o Caminho Novo de Botafogo, que ia dar na linda enseada, e se deixava ser hóspede reservado de Carlota pelas horas seguintes. Seus imediatos, que o acompanhavam na jornada e esperavam por ele no lado de fora — ao relento, montados, sem comer, tomando frio ou chuva e rogando-lhe toda espécie de pragas —, não faziam segredo de que era raro Sir Sidney dizer boas-noites à princesa antes das duas da manhã.

Assunto não faltaria à princesa e ao contra-almirante para discutir até tão tarde. Mas os olhos que os vigiavam pelas janelas, pela transparência das cortinas, asseguravam que eles não se limitavam a conversar. Também trocavam pequenos e delicados regalos: um par de anéis hoje, uma página de estrofes de amor amanhã, e até mesmo românticos maços de cabelo — os cabelos de Sir Sidney eram muito bonitos porque, aos 46 anos, ele os tinha bastos, ondulados e com uma bela mecha grisalha. Foi o que Carlota descobriu quando Sir Sidney tirou a peruca pela primeira vez em sua presença — tirou as calças, também — e ela passou a ver nele mais do que um simples companheiro de rapina.

O noivado de Pedro Carlos e Maria Teresa foi comunicado por D. João a Pedro e Miguel naquela manhã, na presença dos noivos. Os abraços no casal foram sinceros por parte de Pedro e falsos, por Miguel. Este bem podia imaginar o que a confirmação da notícia significaria para sua mãe.

E foi com esse espírito, trêmulo e submisso, que rumou para os aposentos da princesa, no Paço, para lhe dar as novas antes que seu pai o fizesse. Primeiro, contou-lhe sobre o ataque de Pedro ao inglês Jeremy Blood. Depois, falou-lhe do noivado de Maria Teresa com D. Pedro Carlos.

A esta última informação, a princesa reagiu de forma quase indescritível: rolando pelo chão, esperneando e despejando impropérios, como se de sua boca saíssem morcegos vivos e babando sangue. Viu o destino de sua filha sendo negociado por seu marido numa tramóia política com o fito único de sabotar suas aspirações — e, com isso, nunca a Espanha ficara tão intangível, tão etérea e longínqua, fora do alcance de seus braços.

E o Brasil, cada vez menor para ela e para aqueles Braganças malditos.

EM QUE PEDRO SE JULGA VIVENDO AS AVENTURAS DO QUIXOTE E ESPANCA REVELA POR QUE O MEDALHÃO PODE VALER UM TRONO

Pedro não podia convidar Leonardo a tomar o café-da-manhã à mesa com seu pai e seus irmãos — seria difícil de explicar ao rei como um menino de tão baixa estofa tinha ido parar ali, na Sala das Merendas, entre as louças e pratarias reais. Mas nada o impedia de mandar um criado levar uma cesta de pães, uma travessa de carnes e um jarro de suco de jenipapo para seu amigo. Foi o que aconteceu, e Leonardo, ao receber no quarto as salvas com o farto desjejum, refletiu que nunca vira tanto conforto e abundância como nas últimas dez ou 12 horas. Os pães, mornos e macios, ainda sujos de farinha, pareciam ter saído do forno para suas mãos; as carnes eram tenras e vermelhas, e o excitante azedo do jenipapo fora gostosamente amainado pelo açúcar — qualidades que seu paladar se encarregava de apreciar, sem que sua mente precisasse descrevê-las.

Leonardo sempre ouvira dizer que os reis eram reis por direito divino, porque Deus os quisera reis. Se era assim, alguma coisa importante deviam ter feito para merecer a regalia, embora ele não soubesse se, no caso de D. João, fora o próprio pai de D. Pedro quem fizera por onde ou se fora o avô dele ou algum parente ainda mais distante — porque, pelos retratos nas paredes do palácio, via-se que a família de Pedro tinha reis há muito tempo. Isso queria dizer que, antes de ser escolhido por Deus, o rei era um plebeu, um mortal, um homem como qualquer outro? E, assim sendo, o que era preciso fazer para Deus conceder a alguém a honra de ser rei? Livrar o príncipe herdeiro de um aperto, como ele fizera com Pedro, seria suficiente para Deus, algum dia, fazer dele um rei? Mas por que Deus promoveria alguém a rei de um país se esse país já tinha um rei, como o Brasil — e, no futuro, teria outro que, tudo indicava, seria o próprio Pedro?

Ao pensar melhor no assunto, Leonardo concluiu que não tinha particular interesse em se tornar rei e, de qualquer forma, ainda era muito jovem para tanta distinção. Além disso, que graça havia em ser rei ou mesmo príncipe, exceto pelo fato de que se podia dar ordens a todo mundo? E eles comiam muito bem, isso ninguém podia negar. Leonardo estava zonzo com a riqueza de carnes, aves, frutas, doces e sucos que já lhe haviam servido. Ele se banqueteava como um padre, embora não se pudesse dizer que, antes disso, em qualquer época de sua vida, tivesse passado fome.

Aliás, Leonardo só costumava passar fome quando se deixava ficar na rua até tarde da noite e se esquecia de voltar para casa a tempo de o padrinho Quincas requentar-lhe a bóia do almoço. Mas, ainda que o padrinho não o esperasse e fosse dormir, Leonardo sempre encontrava um mingau ou uma sopa, mesmo frios, que Quincas deixara para lhe forrar as tripas. E, se Leonardo estivesse em algum longínquo arrabalde quando a fome apertasse, era só subir a uma árvore, esticar o braço e roubar uma broa ou alguns pastéis das bandejas que os ambulantes, passando debaixo dele, equilibravam na cabeça. Às vezes, um desses ambulantes o flagrava na mão leve e lhe dava uma corrida, mas nunca o alcançava. Leonardo tinha amigos entre os vendeiros, taverneiros e estalajadeiros de toda a cidade e, para se safar, era só entrar no estabelecimento de um deles, sair pelos fundos e pular um muro, confundindo seu perseguidor.

Pedro apareceu de volta no quarto e Leonardo deu um salto da cadeira, ajoelhando-se para ele — afinal, amigos ou não, continuava a ser o vassalo diante do príncipe. Mas Pedro apenas tocou-o no ombro para que se levantasse e sentou-se com ele à mesa. Pela primeira vez, desde os atropelos do dia anterior, teria tempo para analisar a situação com Leonardo. E, embora se tivessem passado poucas horas, era como se suas aventuras dessem para encher uma semana — ou uma vida — inteira.

Na tarde do dia anterior, ele saíra pela primeira vez, a pé e sozinho, pelas ruas da cidade. Quase imediatamente, fora engodado por um espertalhão, vira-se nos braços de uma megera e tivera de lutar para não ser vítima de um achaque. Na confusão, perdera o medalhão do príncipe real. Mas, por sorte, conhecera Leonardo e passara bom tempo escondido naquele sótão na Candelária. Ao tentar voltar para o palácio, em meio às violentas comemorações do Carnaval, envolvera-se numa rusga entre os foliões e a polícia, aplicara pimenta aos olhos do major Vidigal — logo quem! — e fugira correndo por cima dos Arcos, perseguido pelos furiosos granadeiros. Eia, sus! Cáspite!

O estranho é que, em nenhum momento daquelas correrias, lembrara-se de que, se se empertigasse, estufasse o peito, alçasse a voz e se identificasse para os soldados, eles cairiam de joelhos e formariam filas para lhe beijar a mão. Ele era o príncipe, com autoridade para subjugar a própria Cavalaria, se preciso, quanto mais as milícias. Mas não fora para fazer o príncipe, para curvar espinhas à sua real pessoa e ter a mão beijada que ele saíra à rua, pensou Pedro.

Saíra porque a rua o chamara, para exibir-se para ele com seus fascínios e feitiços, seus mistérios e misérias — sabendo que, no dia em que ele reinasse sobre ela, precisaria conhecê-la nos seus mais recônditos desvãos.

Mas agora era o dia seguinte e havia providências a tomar. Para Pedro, a primeira coisa a fazer era tentar recuperar o medalhão, antes que Genoveva e Arrábida dessem por falta dele. E a quem recorrer sem denunciar as circunstâncias em que o perdera? O homem mais indicado para a tarefa era o último que ele poderia procurar: o major Vidigal.

Na luta para libertar Leonardo, Pedro se atirara às costas de Vidigal e o cegara temporariamente com pimenta. Mas o major conseguira arrancar-lhe o capuz e, mesmo o tendo visto por um segundo e só com um olho, numa praça escura, talvez o reconhecesse quando se defrontassem. Nesse caso, como explicar que, por breves minutos, o príncipe herdeiro e seu chefe de polícia se meteram numa arruaça, a ser resolvida à valentona, um contra o outro? Pedro decidiu que seria melhor que ele e Leonardo corressem o risco e tentassem eles mesmos reaver o medalhão.

Isso significava voltar ao beco do Telles e ficar de vigia perto da porta do sobrado — mas, com que intenção? Para aproveitar uma provável saída de Calvoso e subir ao andar para revistar as gavetas? Então, o que fazer com a horripilante Bárbara dos Prazeres, que sem dúvida estaria em casa, para não falar em Fontainha? Ou, quem sabe, melhor não seria seguir Calvoso e cair sobre ele numa rua erma, na esperança de que tivesse o medalhão no bolso? Nesse caso, os dois, por mais corajosos, conseguiriam enfrentar um homem experiente como Calvoso, que talvez já tivesse uma ou mais mortes em seu passivo, a fogo ou a ferro frio? Mas podia ser também que ele não passasse de um fanfarrão, e a simples identificação de Pedro como o príncipe o fizesse tremer, implorar clemência e devolver a jóia. Leonardo, temperado nas ruas, chegado a riscos e com pouco a perder, não via maiores apuros nesta empreitada. Para Pedro, no entanto, era quase como protagonizar os quadros que adornavam as paredes de seu antigo quarto em Queluz, contando as histórias do Quixote.

Os dois atravessaram o largo — incrível como o beco do Telles, domínio da patuléia, era ridiculamente perto do Paço — e se postaram a poucos metros do arco, de forma a que pudessem controlar sem ser vistos a frente do pequeno prédio. Cada um guardou as costas do outro, na eventualidade de Calvoso já ter saído à rua e estar de volta pelo largo — tinha graça se ele os reconhecesse e surpreendesse por trás. Mas nem precisaram esperar tanto.

Em poucos minutos, Calvoso despontou na porta do prédio. Olhou para os lados e instintivamente apalpou o bolso direito de seu casaco, como se quisesse certificar-se de que levava ali algo valioso. Caminhou na direção do arco e, ao cruzá-lo, virou rumo à rua

Direita, seguindo pelo meio do largo, para não tomar água, tinta ou alvaiade jogados das janelas pelos praticantes do entrudo. Ali Pedro e Leonardo não podiam fazer nada contra ele — ainda era cedo, mas a cidade já estava viva e a praça, cheia de foliões.

Calvoso atravessou a rua Direita, tomou a rua do Cano, percorreu outros 200 metros e saiu na rua dos Ourives, seguido a segura distância pelos meninos. Quando ele parou diante da esquina de Ourives com Alfândega, Leonardo compreendeu tudo. Era a loja de Leopoldo Espanca, um joalheiro habituado a comprar qualquer jóia sem perguntar de onde ela havia saído — se fosse de valor, adquiria-a e a repassava com lucro para seus amigos estrangeiros no porto. Significava que Calvoso iria vender o medalhão e a corrente a Espanca, e que, dali, a jóia de D. Pedro sairia direto para o bolso de algum contrabandista num navio de partida para a Europa. As possibilidades de recuperá-la eram mínimas. Mas valia a pena tentar descobrir para quem Espanca iria oferecer o medalhão. A solução era ficarem mais uma vez de tocaia, esperando que o ourives saísse.

Pedro e Leonardo se colocaram no outro lado da rua, por trás do estoque de um bananeiro. As bananas exalavam um forte perfume, e os cachos amarrados com cordas pelos cabos e pendurados a uma espécie de arara de madeira formavam um biombo perfeito para se esconderem.

Sentado ansiosamente à ponta de um barrilete nos fundos da oficina do Espanca, e quase caindo dele, Calvoso salivava ao escutar o que o ourives lhe falava:

"Já tive em mãos um medalhão como este, só que em ponto menor e em ouro", dizia o Espanca. "Isto faz 15 anos ou mais. Comprei-o da mulher que, um dia, o ganhou do homem a quem ele fora destinado: o príncipe D. João. Foi a primeira peça que comprei da tal mulher. Dali para frente tornei-me seu principal comprador. E foram muitas jóias: pérolas do Ceilão, para usar no cabelo, brincos de safira e de esmeralda, anéis, broches de brilhantes e até condecorações do Império. Todas lhe tinham sido presenteadas pelo príncipe em jovem. Ao vender-me uma a uma suas jóias de Lisboa, ela pôde se manter com luxo por muito tempo, já que uma pensão secreta que recebia não lhe era suficiente. Até o dia em que não teve mais o que vender, exceto a si mesma. E, depois, nem isso."

Sentindo-a pairar sobre as palavras e insinuando-se em cada frase, Calvoso podia identificar a mulher que ele conhecia tão bem — e, ao mesmo tempo, temia não conhecer: Bárbara. Era inacreditável que o espectro com quem convivia tivesse em sua história aquele passado de rainha. Foi cauteloso à questão:

"Pode-se saber quem é a mulher, Espanca?"

"Perfeitamente, Calvoso, em nome da nossa velha amizade — desde que não me metas nessa história e que os lucros que acaso advenham da minha informação sejam divididos em 60 por cento para mim e os 40 restantes para ti e para quem mais quiseres envolver. Para não falar em que, sabendo do que tenho a dizer, livras-te de ser pendurado numa corda — se é que isto vale alguma coisa."

Calvoso fingiu ignorar o insulto e concordou. (Por que não? O importante era que entendesse aonde o Espanca queria chegar. Quanto à proposta do ourives, era escorchante, mas depois se veria...)

"Não preciso lembrar-te de que a mim não iludes, Calvoso", disse o Espanca, como se lesse seus pensamentos. "Qualquer tentativa de me enganares, e já sabes: acordas boiando no saco do Alferes, com os olhos comidos pelas garoupas. Ninguém burla um joalheiro e vive para contar aos netos — para nossa própria proteção, temos de ser muito unidos..." E acrescentou exatamente o que Calvoso queria ouvir: "A mulher é sua amiga Bárbara dos Prazeres. Espanta-me que não soubesses — embora só eu tivesse as provas."

Calvoso suspirou:

"Ela já tentou dizer-me, mas eu jamais quis acreditar. Achava que eram delírios de demência. Mas como esta informação pode me salvar?"

Espanca inclinou-se sobre Calvoso, como se fosse cochichar, e desfiou seu plano:

"Muito do que se passa em palácio transpira para os escritórios e armazéns do cais do porto. Pois há no porto um contrabandista inglês que deves procurar, e até mesmo hoje, se quiseres — eles gostam de trabalhar aos domingos e feriados, porque são dias mais adequados para certas operações. O homem se chama Jeremy Blood — fala-lhe em meu nome. É muito ligado a Sir Sidney Smith, que, por sua vez, é íntimo da princesa dona Carlota. A informação de que, um dia, o senhor D. João teve Bárbara dos Prazeres como amante pode não ser nova para a princesa. Mas a de que ele a sustentou por muito tempo no Brasil talvez seja, e talvez seja também algo que o senhor D. João não queira que se saiba... Percebeste?"

Calvoso finalmente entendeu tudo — Espanca não sabia, mas, na verdade, D. João nunca deixara de sustentar Bárbara. Estava agora de posse de informações exclusivas, só dele. Elas lhe renderiam dinheiro a pronto e garantiriam sua cabeça por tempos a se perder de vista.

Apenas o incomodava o fato de que, para chegar à princesa, teria de passar pelos ingleses — porque, com isso, precisaria dividir com eles não apenas as informações, mas também o produto da chantagem. A não ser que eles se dobrassem às suas condições.

Pedro e Leonardo viram quando Espanca e Calvoso reapareceram na porta da loja e falaram alguma coisa que os meninos não conseguiram escutar. Os dois homens se despediram com um aperto de mão e Espanca voltou para dentro.

Calvoso devolveu ao bolso do casaco um objeto que trazia na mão esquerda. Mesmo de longe, Pedro e Leonardo o identificaram: era o medalhão — ou, pelo menos, a corrente. Viram também quando Calvoso, em vez de refazer o percurso para casa, voltando pela rua do Cano, subiu a própria e tortuosa rua dos Ourives. Foram atrás dele. Ao fim dela, Calvoso virou à direita na rua do Aljube e tomou o rumo do Valongo, onde se concentravam muitos escritórios e armazéns de mercadores europeus. Por algum motivo, concluíram, seria Calvoso, e não Espanca, que negociaria a jóia diretamente com um contrabandista.

Sempre seguido por Pedro e Leonardo, Calvoso chegou ao Valongo. Perguntando a uns e outros, deixou para trás os trapiches, entrou por uma viela de casas de madeira e chegou a uma porta azul. Deu-lhe com o nó dos dedos e foi atendido por um homem alto, de queixo quadrado, nariz enorme, olhos penetrantes e dentes esverdeados de limo.

"Jeremy Blood!", exclamou Pedro.

❧ 10 ❧

Em que, graças a Sir Sidney, Carlota tem D. João à roda de seu dedo mindinho e Calvoso apanha de novo na cara

Fossem todos tão assíduos às alcovas como D. Pedro Carlos, e o Rio sob D. João poderia ser arrolado entre as cortes mais galantes de seu tempo. Talvez pecasse apenas pela escassez de concubinas de alto bordo, como as que excediam na Corte parisiense antes da Bastilha. O Rio não contava, por exemplo, com uma condessa d'Orléac, de quem se dizia que enlouquecia os homens com a perícia de sua musculatura pélvica, técnica que aprendera na Índia. Ou com uma madame Du Maurier, célebre por sua capacidade bucal para os mais alentados volumes e extensões. Mas, mesmo em Paris, essas senhoras tão respeitáveis da nobreza francesa, produto de séculos de aprendizado na arte de *faire l'amour*, haviam desaparecido juntamente com o *ancien régime* — não seria surpresa se aqueles monstruosos jacobinos as tivessem guilhotinado. Enfim, mais de vinte anos haviam se passado, os tempos eram outros e, agora, os mais afoitos que se contentassem com a quantidade. Como D. Pedro Carlos, que era belo, ardente, estouvado e, para sua sorte, correspondido em sua voracidade por uma galeria de mulheres da Corte carioca.

Ele era mais alto que os demais Bourbons e sem os traços de fuinha que caracterizavam a dinastia. Ao contrário, o rosto era másculo, o pescoço, comprido, e os dentes claros contrastavam com a boca de lábios cheios e vermelhos e com a pele bem morena. Mas o que mais atraía as atenções era a intensidade de seus olhos pretos — grandes como uvas, sempre fixos no interlocutor e, se este fosse uma mulher, dados a passear detalhadamente sobre o seu corpo, como que a suprimindo de roupas, peça por peça. Algumas havia que se ofendiam com esse escrutínio até obsceno — mas, sabendo de quem eram os olhos, outras não se opunham, e sabe-se lá que caudalosas nascentes ele não fazia brotar no âmago das moças.

Os fogos se lhe acenderam cedo, aos 5 anos ou pouco mais, em Queluz. Foi quando Pedro Carlos percebeu que não apenas gostava de se roçar nas aias que o despiam e lhe davam banho, como também elas se repimpavam ao contato com suas carnes. Ao ensaboá-lo, as aias se concentravam com tanto gosto em certas partes de sua anatomia que, jovem como era, ele podia sentir algo viscoso, morno e prazeroso, tomando seu corpo. Quase ao mesmo tempo, D. Pedro Carlos descobriu que experimentava prazer igual ao se encostar nas meninas de sua idade e orientar suas mãozinhas para melhor tocá-lo nas partes sensíveis. E, como ninguém lhe exigia adormecer os instintos, cresceu com a convicção de que eram de seu direito as carícias que lhe apetecessem, quando, onde e com quem quisesse.

Aos 11 anos, ainda em Queluz, D. Pedro Carlos foi iniciado nos jogos mais completos do amor por uma de suas tutoras, dona Olímpia, mulher do notário-mor Marzagão, escrivão oficial dos defuntos e ausentes. Apesar de o casal ser íntimo dos poderosos, a vida da fogosa, ruiva e exuberante Olímpia não era das mais apaixonantes para uma mulher no apogeu de seus 30 anos (e nem um dia a mais). Todas as tardes, logo depois das ave-marias, o quase senil Marzagão tomava uma sopa e recolhia-se em mantos e toucas para dormir. A Olímpia só restava atravessar mais uma noite de febre, suando frio, ensopando o leito, sonhando-se aos beijos com um príncipe encantado, mesmo que este fosse um herói das lendas da Carochinha.

Suas amizades, no entanto, a levaram a Queluz, contratada para adestrar o infante de Espanha nos segredos dos bons modos e da elegância. A princípio, sentiu-se diminuída pela proposta — não lhe agradava a idéia de cuidar de uma criança. Mas bastou ver D. Pedro Carlos para constatar que se enganara. Ali estava um rapaz prestes a deixar a crisálida rumo à mais pujante hombridade. E, ao ensiná-lo a dançar a zarzuela, sentiu que a diferença de quase vinte anos que os separava não queria dizer nada — porque o corpo de D. Pedro Carlos respondia de imediato ao contato com o seu, e com que ênfase!

Desde então, Olímpia começou a inventar artimanhas para se deixar ficar com D. Pedro Carlos na Sala de Música após a aula, indiferente ao coche que a esperava para levá-la de volta a Lisboa. Assim que os músicos eram dispensados, os dois passavam a tranca na porta e se atiravam sobre os sofás e tapetes, rolando entre as estantes de partituras, quase derrubando-as, e, a cada esbarrão, fazendo a harpa ou o cravo produzir sons gorgolejantes ou de martelos sobre cordas. Durante aqueles serões, Olímpia pouco se importava se seu marido, em casa, estivesse cochilando sobre o jantar, a ponto de mergulhar as barbas na sopa, ou morrendo por lhe faltar o coração.

Olímpia fez mais do que ensinar D. Pedro Carlos a dançar a zarzuela. Ensinou-lhe os segredos do corpo das mulheres, o que mais lhes agradava e o que elas podiam fazer de inusitado para mais agradar aos homens — truques de que ele nem desconfiava. Só não se sabe com quem ela havia aprendido tanto, porque com Marzagão é que não tinha sido.

Mas, como sói, a paixão de Olímpia por D. Pedro Carlos durou mais que o *élan* do já desinteressado D. Pedro Carlos por ela. Com dois meses de intenso conúbio, Olímpia começou a sentir-se com privilégios adquiridos sobre ele e já o tomava como seu. Tinha até fumaças de separar-se do marido — e cometeu o equívoco de tocar no assunto com o amado infante.

Na tarde do dia seguinte, ao chegar a Queluz para as lições, foi recebida no pátio pela camareira-mor, dona Mariana de Lencastre. Esta lhe comunicou secamente que o infante agradecia, mas seus serviços já não eram necessários — ele já dançava à perfeição a zarzuela.

Olímpia nunca mais viu D. Pedro Carlos. Voltou no mesmo coche para casa e converteu sua humilhação em orgulho. Já fora de muitos homens, mas nada podia superar o que sentia com o príncipe — com ele, era como praticar o amor proibido, ser mulher e mãe ao mesmo tempo, como se estivesse a seduzir o próprio filho. E sabia que não adiantaria bater em desespero às portas do palácio. Daí que, depois desse desapontamento profundo e insolúvel, passou a dedicar-se ao marido, inclusive na cama, como jamais fizera — como que para purgar-se também de seus pecados. E, para sua surpresa, do até então opaco e derrotado Marzagão surgiu um novo homem, rejuvenescido e másculo. Tão novo, por sinal, que, tendo ele próprio se embandeirado para os lados de uma cantora de Lisboa, a pobre Olímpia foi sendo deixada de lado, desprezada pelo marido. E, apenas porque já estava habituada à rotina, continuou a servir a sopa logo depois das ave-marias, mas agora para tomá-la sozinha.

Quanto à dona Mariana de Lencastre, outra trintona de truz, havia algo de pessoal em sua atitude de barrar Olímpia em palácio — ela própria estava às voltas com D. Pedro Carlos às escondidas. Fora a primeira a perceber a aventura do infante com a mulher ruiva e também se insinuara para ele, certa de que não seria rejeitada. E nem poderia. Ao contrário da outra, que era dominadora e corpulenta, Mariana parecia uma estatueta de *biscuit* — pequenina, mas de corpo perfeito e rosto de boneca. Era como se fosse uma menina, o que deixava D. Pedro Carlos ainda mais excitado, embora fosse uma mulher feita, mestra nas ciências do engodo e da simulação. Com ela, ele aprendeu o que as mulheres gostam de ouvir — e no que fingem acreditar.

Mas Mariana também foi inábil ao se jactar demais em palácio sobre suas proezas com D. Pedro Carlos, acendendo a curiosidade das outras damas da Corte. Em questão de semanas, todas já tinham sido passadas a fio de espada por ele — que mal completara 18 anos. Ao chegar ao Brasil com a Família Real, D. Pedro Carlos já devia, aos 22 anos, ser o homem de maior currículo amoroso em todos os continentes onde se falasse português, e nem desconfiava de que sua verdadeira carreira ainda estava por começar.

No Rio, D. Pedro Carlos acrescentou ao seu rol de abates a tentadora e colorida serviçaria brasileira: morenas anchas e carnudas, mulatas sestrosas e inzoneiras e um florilégio de negras de seios nus — mulheres maravilhosas, entre 15 e 35 anos, em todos os tons de café e chocolate, como não as havia em nenhum outro lugar. E, fora do palácio, havia também as atrizes do Teatro de Ópera, vizinho do Paço, as primeiras perfumistas e quituteiras francesas, já começando a se instalar na rua do Ouvidor, e as insuperáveis espanholas. A única lacuna no inventário de D. Pedro Carlos estava entre as inglesas — pela escassez de material humano aproveitável na cidade.

Com todo esse invejável currículo, por que D. Pedro Carlos se empolgaria tanto com a perspectiva de um casamento, e logo com sua prima Maria Teresa de Bragança? Porque aquela seria a sua verdadeira carta de trânsito para a única função que, um dia, ele aspirava exercer: a de regente da Espanha, na Europa ou na América. E, como essa idéia partira de seu tio D. João, articulada sem dúvida pelo conde de Linhares, isso queria dizer que sua prima Carlota Joaquina, também pretendente ao cargo, não levava a menor chance.

Municiado de informações por Jeremy Blood, Sir Sidney Smith tomou seu cavalo e foi direto ao Paço, onde a princesa Carlota o recebeu sem necessidade de audiência marcada. O assunto era muito importante, garantiu o inglês, e não podia esperar. Dona Carlota reservou seus aposentos para eles, dispensando seu secretário, o marquês de Covarrubias, e permitindo apenas a entrada das moças que lhes levaram refrescos e biscoitos. Mas Sir Sidney tinha tanto a contar que não podia perder tempo mastigando. E Carlota logo percebeu o alcance de suas revelações.

Com que, então, Bárbara de Urpia voltava à sua vida! E não apenas como a antiga amante de seu marido, no tempo em que eram todos jovens, mas como alguém que se locupletava do tesouro real.

A informação de que Bárbara já dispusera de tantas jóias para empenhar ou vender — jóias que, presenteadas por D. João, pertenciam à Coroa — e que, além disso, vinha sendo sustentada no Rio pelo Estado português por todos aqueles anos fez com que Carlota quase caísse da cadeira. A atitude de D. João era a de um homem que mantém uma mulher, decaída ou não, cujo silêncio ele precisa comprar.

Em sua inocência de adolescente, em 1790, ao determinar que D. João desterrasse "a rameira" para o Brasil, Carlota não fizera maiores exigências — apenas impôs que ele se livrasse dela. Depois, sempre em Lisboa, ainda ouviu falar por algum tempo das garrulices de Bárbara na colônia, mas isso não a incomodou porque tinham um mar a separá-los. E, finalmente, quando a própria Corte viera para o Brasil, já fazia anos que não sabia dela — podia muito bem ter morrido e sido enterrada em cova rasa que isso nunca lhe diria respeito. Pois, para seu susto, descobria agora que, além de não ter morrido, Bárbara de Urpia continuava a ser financiada pelo reino e se dava ao acinte de morar quase de frente para o Paço, do outro lado da praça, num percurso que se faria em três minutos a pé, em passo descansado. Era um achincalhe, um indecoro, um impudor, mesmo que ninguém o soubesse — não importava, Bárbara sabia. E, agora, muito mais gente sabia. Mas, a partir dali, e por causa daquilo, ela, Carlota, teria D. João à roda de seu dedo mindinho.

Como primeira providência, a princesa sugeriu a Sir Sidney que Jeremy Blood aplicasse um corretivo no achacador Calvoso em termos que julgasse convenientes — para fazê-lo calar-se e tirá-lo da história. E que Blood ficasse certo da gratidão da princesa do Brasil, sem prejuízo do saco de ouro que lhe mandaria entregar. Aproveitava também para garantir a Blood que a humilhação que ele sofrera na véspera em palácio — atacado a farinha e ovos pelo próprio príncipe D. Pedro — não ficaria impune. Quanto a Sir Sidney, o valor de sua informação ficaria muito claro assim que a princesa retornasse de sua entrevista com o regente, a qual, desgraçadamente, só se daria dali a 24 horas no Paço — porque D. João, aproveitando o domingo, saíra para um piquenique na Ilha do Governador e mandara dizer que, na volta, não receberia ninguém até o beija-mão do dia seguinte.

Para dona Carlota, aquelas informações que tinham acabado de lhe cair ao colo decretavam o fim da tentativa de D. João de impor-lhe o casamento de Maria Teresa com D. Pedro Carlos. Na verdade, poderiam enfraquecê-lo definitivamente perante as cortes da Europa — da maneira como ela contaria a história, quem iria continuar a prestigiar e dar crédito a um soberano que dispunha, como teúda e manteúda, de uma mundana tão baixa? Tudo que enfraquecia D. João a fortalecia — e não era de seu interesse dividir a regência da Espanha ou das colônias com um aliado de seu marido. Quanto a D. Pedro, sua maldade contra um amigo de Sir Sidney havia de lhe sair caro e ajudar no estreitamento de relações da princesa com os ingleses. E não apenas com subalternos como Sir Sidney — para dona Carlota, o próximo alvo a conquistar, nem que fosse por correspondência, seria o próprio almirante George Canning, chanceler de Sua Majestade, Jorge III, da Inglaterra.

Sir Sidney, julgando-se mais por cima do que nunca, também saiu satisfeito. Todo aquele charivari vinha reforçar sua posição no Atlântico Sul junto a Canning. Até há algum tempo, o chanceler não escondia certa ojeriza a ele, preferindo confiar em seu cônsul no Rio, lorde Strangford, para seus negócios com a Coroa portuguesa. Mas, de agora em diante, não haveria dúvida sobre quem detinha as informações mais íntimas ao redor de D. João. Era como se, por seu intermédio, a velha Albion tivesse olhos assestados para as antecâmaras do regente brasileiro, podendo fiscalizar-lhe até o avesso das camisolas.

A caminho do escritório de Jeremy Blood, Sir Sidney depositou duas ou três unhas de rapé no alforje do nariz, como fazia quando estava feliz da vida. Aspirou o tabaco, deu meia dúzia de bons espirros e, ao chegar ao endereço de Blood no Valongo, nem apeou do cavalo. Chamou-o em voz alta e, assim que o próprio nariz de Blood assomou à porta (seu nariz sempre chegava antes dele em qualquer lugar), foi logo lhe atirando o saquinho de ouro que lhe mandara a princesa. Era sua recompensa pelas informações sobre Bárbara e D. João. O meticuloso Smith passou-lhe também as instruções referentes a João Calvoso e, de passagem, informou-o sobre a autoria do ataque que ele, Blood, sofrera no entrudo. Despediu-se e, dali, prosseguiu todo contente, não para seu escritório, também no Valongo, mas para sua casa no morro de São Bento, onde tinha como vizinho o fabuloso mosteiro — e, de todos os lados, uma visão tão ampla da baía de Guanabara que o fazia sentir-se como se o oceano inteiro fosse apenas uma extensão de seus olhos e, como tal, lhe pertencesse.

* * *

De vigia no Valongo desde as últimas horas, Pedro e Leonardo tinham visto tudo e ouvido o essencial. Depois que Calvoso fora embora, Jeremy Blood batera a uma porta vizinha à sua e fora recebido por Sir Sidney Smith. Seguira-se uma animada conferência entre os dois ingleses, que eles não conseguiram escutar, mas cuja importância era evidente. Em poucos minutos, Smith saíra a cavalo e Blood voltara para seu escritório. Uma hora depois, era Smith quem voltava e dava a Blood, sem descer do animal, aquele relatório em voz alta.

Em vários momentos, Pedro lamentou que seu conhecimento da língua inglesa fosse tão precário — tivesse sido mais presente às lições de frei Arrábida e poderia entender muito melhor o que diziam. Mas, pelo que conseguira perceber, Sir Sidney voltava de uma entrevista com dona Carlota. Nem todas as palavras do inglês lhe fizeram sentido, mas percebeu que falavam muito da mulher que morava com Calvoso, e que isso interessara vivamente à princesa. O que Pedro não tinha dúvida era de que, graças a D. Miguel, Jeremy Blood sabia agora que fora ele o autor da farinhada de entrudo. Mas seu irmão não iria dormir sem pagar por aquela traição — e isso era tão certo quanto o pôr do sol naquele dia ou o movimento das marés.

Antes que Pedro acabasse de traduzir o relatório para Leonardo, Jeremy Blood despediu-se, tomou seu cavalo e galopou dali. Os garotos correram atrás dele e, por algum tempo, ainda o seguiram de longe, sem saber para onde ia. Mas, assim que Blood virou na rua do Hospício, eles o perderam de vista.

Blood desceu do cavalo no beco do Telles. Ao primeiro que perguntou sobre João Calvoso, apontaram-lhe o prédio perto do arco. Blood entrou pela porta aberta e subiu as escadas batendo palmas e gritando,

"Ó de casa!". Um sorridente Calvoso, cheio de esperanças e bons presságios, veio atender e, ao ver que era Jeremy Blood, seu rosto se iluminou ainda mais. O inglês disse:

"Venho trazer a paga por suas informações, cortesia de Sir Sidney e da princesa dona Carlota."

E sem mais dizer — mal tinha chegado ao último degrau da escada —, acertou o rosto de Calvoso com um tabefe de mão espalmada que o atirou no outro lado da sala. Blood acabou de subir e foi buscá-lo pelo colarinho. Levantou-o do chão com a mão esquerda e, com a outra, bateu-lhe tantas vezes no rosto e com tanta força que os dentes de Calvoso saltavam-lhe da boca, escuros como caroços de azeitonas. Era a segunda vez em 24 horas que Calvoso apanhava na cara. Mas a surra do dia anterior não se comparava a esta — a mão direita de Jeremy Blood era muito maior, mais pesada e mais calejada que a de Pedro. Depois de oito ou nove taponas, Blood soltou Calvoso, que se deixou desabar como um saco vazio, aos soluços, chorando de dor e vergonha.

Nem ouviu as palavras de Blood, frias como seu coração:

"Não se impõem condições a uma princesa ou a um inglês. Aprende isso, verme, para sempre."

De volta ao Paço, Pedro foi à cavalariça e requisitou dois cavalos, um para ele, outro para Leonardo. Orientado por este, tomaram o Catete, embrenharam-se pelo Caminho Novo de Botafogo e foram dar à enseada. Quando passaram diante da casa de dona Carlota, aceleraram o trote e só descansaram algumas centenas de metros depois, quando chegaram a São Clemente. Entraram pela picada e, em mais meia hora de cavalga-

168

da, atingiram a praia da Piaçava. Desceram dos cavalos, que amarraram e esconderam dentro de um bambuzal, e tomaram uma das canoas amarelas estacionadas naquela margem da lagoa do Freitas. Eram deixadas ali para permitir que se chegasse ao horto criado por D. João para aclimatar ao Brasil frutas e ervas típicas de outras partes do reino. Do outro lado do antigo engenho de cana onde seu pai iniciara esse jardim botânico, ficava a fábrica de pólvora.

Por ser domingo de Carnaval, não havia nenhum funcionário ou escravo à vista na fábrica, donde eles puderam entrar e se servir à vontade da munição. Leonardo trouxe uma mula que encontrou na estrebaria e eles lhe jogaram ao lombo dois sacos com uma quantidade de pólvora muito maior que a exigida para disparar seus canhõezinhos, o dele e o de D. Miguel. Recolheram ainda uma variedade de traques, girassóis, bombas, rodinhas e busca-pés, igualmente fabricados ali. Encheram com eles os embornais, que também jogaram sobre a mula, e voltaram para a lagoa. Lá, transferiram a carga para a canoa, atravessaram de volta o espelho d'água e, de novo na Piaçava, colocaram os sacos sobre os cavalos e regressaram ao Paço.

Pedro levou seu canhãozinho para o pátio nas traseiras da cavalariça, onde a munição e os fogos de artifício já tinham sido estocados. Uma grande quantidade de pólvora foi jogada pela boca do canhãozinho e espremida com a maça. Leonardo plantou os fogos no chão do pátio, enquanto Pedro foi aos aposentos de Miguel para procurá-lo. Ao abrir a porta para Pedro e ver a expressão no rosto do irmão, o menor deve ter adivinhado que algo lhe estava sendo preparado. Tentou não demonstrar medo.

"O que desejas, Pedro?" — perguntou.

"Temos algo a discutir lá embaixo, Miguel. Vem comigo."

Miguel se deixou levar para o pátio interno, deserto àquela hora, e só estranhou quando viu o canhãozinho de Pedro apontado para uma parede e a presença de um menino que ele não conhecia.

"É uma brincadeira, não te assustes", disse Pedro. Ato contínuo, agarrou as mãos de Miguel por trás, imobilizou-o e ordenou a Leonardo que passasse uma corda por elas, atando-as. Miguel tentou resistir, mas logo desistiu — não podia sozinho com os dois e, de mais a mais, o que lhe poderiam fazer?

"Precisas aprender que a delação não se pratica entre nobres, Miguel", disse Pedro. "Ao me denunciares à princesa nossa mãe, deixaste-me numa situação difícil. Agora vais ter de pagar. Sou o príncipe real e és apenas o infante. Deves-me respeito e obediência. Portanto vou vendar-te os olhos e disparar uma carga de canhão contra ti. Quero ver até que ponto vai tua coragem — ou se ela se esgota nas notícias que vais levar à princesa sobre aquele pútrido inglês."

"Mas, Pedro, não entendes! Queria apenas..."

"Cala-te. Já falaste até demais. Leonardo, aplica-lhe a venda! Agora encosta-o na parede e sai da frente se não queres também levar chumbo!"

"Pedro, não! Perdão! Juro que...", apavorou-se D. Miguel.

Pedro nem o deixou terminar. Acendeu a mecha, e ele e Leonardo saíram correndo. Mas, antes de disparar, Pedro virou a arma para uma parede lateral. O canhão não continha bala, apenas muita pólvora, mas o barulho seria suficiente para dar um susto em Miguel — porque pensava que o canhão estivesse apontado contra ele. A sarabanda de fogos faria o resto.

O canhão explodiu com espantoso estrépito, dando um salto para trás e quase se partindo. Miguel, julgando-se atingido, podia jurar que iria morrer. O calor e a fumaça, que ele não via, mas sentia, o envolveram e sufocaram. Os traques, rodinhas e busca-pés começaram a estrelejar ao seu redor e, pelo ruído, era como se ele estivesse sendo metralhado por dez pelotões de fuzilamento. Finalmente, não agüentou mais e desmaiou — todo urinado de medo.

Pedro foi acudi-lo. Deu-lhe tapinhas no rosto para despertá-lo e, quando se certificou de que Miguel voltara a si, apenas acrescentou:

"Desta vez não morreste, Miguel. Mas aprende de uma vez que os homens devem saber guardar os segredos que não lhes pertencem."

E, puxando seu canhãozinho fumegante pela corda, como quem puxa um cavalinho de madeira e rodinhas, afastou-se da cavalariça com Leonardo, deixando Miguel a cargo de sua úmida humilhação, percebida por todos os guardas que acorreram atraídos pelo barulho.

11

EM QUE LINHARES PARTE PARA O
CONTRA-ATAQUE E BÁRBARA SE COBRE PELA ÚLTIMA
VEZ COM UM MANTO DE RAINHA

Na segunda-feira, D. João acordou, fez suas abluções, assistiu à missa, tomou o desjejum com os filhos — Miguel não compareceu, por estar acamado — e dirigiu-se à Sala dos Despachos para o beija-mão. Este levava horas, porque o povo comparecia em peso, e consistia em um ósculo nas costas da mão do regente, o qual tinha no trono ao lado, a 2 metros de si, a companhia de dona Carlota para iguais fins. Um dos súditos na fila — magro, cabelo preto e ensebado, com inchaços nos olhos e bochechas — esperava a sua vez. Quando ela chegou, Calvoso — que não era outro que não ele — se ajoelhou e, com a mão de el-rei a centímetros de seus lábios rachados, falou-lhe bem baixinho, aos sussurros, para que a princesa não o ouvisse:

"Vossa Alteza será vítima de uma chantagem por alguém muito próximo à Coroa. Tenho todas as informações para dar. Uma das provas está aqui neste medalhão, que trago indevidamente comigo."

E, ao beijar a mão de D. João, fez com que ela empalmasse o medalhão — sem a corrente de ouro —, como fazem os mágicos com suas prestidigitações.

O príncipe, algo desconcertado, recompôs-se ao ver do que se tratava. Ao perceber que dona Carlota estava entretida com um súdito, também falou aos sussurros, mas foi direto:

"Espera no final da fila. Ao término da cerimônia, vem ter comigo. Passaremos para meu gabinete particular."

Enquanto a fila do beija-mão se arrastava — brancos, pretos, crianças, velhos, descalços, bem vestidos, pançudos, esqueléticos —, Calvoso tivera tempo de afinar minuciosamente seu discurso. Com este, iria vingar-se dos ingleses que o haviam traído, ao mesmo tempo que livrava o próprio pescoço pelo que aprontara contra D. Pedro. O príncipe D. João lhe ficaria tão grato que talvez até o recompensasse com alguns bons cruzados. O próprio D. Pedro, se ficasse sabendo, também lhe agradeceria por tê-lo poupado da revelação de sua história com Bárbara.

Duas horas depois, com a saída do último beijoqueiro, D. João e Calvoso trancaram-se no gabinete do príncipe, com D. João também ordenando a seu secretário, o conde de Brochado, que se retirasse.

Calvoso contou a história a seu modo — de como Jeremy Blood descobrira que a prostituta Bárbara dos Prazeres era a antiga Bárbara de Urpia, que amara o príncipe em Lisboa, e em que circunstâncias fora obrigada a se mudar para o Brasil em 1790. Sempre omitindo as partes que o comprometiam, Calvoso continuou o relato. Disse que Blood teria contado a Sir

Sidney Smith que Bárbara fora sustentada pela Coroa, e esta informação — acrescida do fato de que Bárbara vendera jóias sem preço que o príncipe lhe dera no passado — seria transmitida por Sir Sidney a dona Carlota, com o propósito de dar elementos à princesa para que ela embaraçasse Sua Alteza junto às cortes da Europa.

E por que estava de posse do medalhão do príncipe real? — perguntou D. João. Porque Jeremy Blood, sabe-se lá como, o arrancara ao pescoço do príncipe D. Pedro no beco do Telles, dois dias atrás — talvez para usá-lo como uma espécie de prova da relação entre D. João e Bárbara —, mas ele, João Calvoso, vira quando, horas depois, Blood o deixara cair na rua. Os dois tinham lutado fisicamente pelo adorno, o que explicava seus beiços e olhos roxos. Mas o que importava era que ele recuperara o medalhão, que agora devolvia a Sua Alteza. E como ele, Calvoso, explicava sua presença nessa história? Porque era a pessoa que, por caridade, cuidava de Bárbara havia mais de dez anos, para que ninguém se aproveitasse do dinheiro que a Coroa continuava a lhe dar — e, com isto, sutilmente, Calvoso fazia D. João entender que também estava de posse das minudências do segredo.

D. João recebeu esse discurso com atenção e cautela. Tentou não demonstrar surpresa nem excesso de preocupação, mas estava claro que eram fatos gravíssimos. Agradeceu a Calvoso e despejou em suas mãos uma quantidade de moedas que ia retirando aos punhados de um saco de veludo azul às suas costas, sem querer saber quantas eram — até que, impaciente, pegou o saco inteiro e o entregou ao homem, dizendo:

"Tens a gratidão do príncipe regente. Mas não fales desse assunto com ninguém — pessoas mais autorizadas cuidarão dele. Quanto à infeliz Bárbara, está morta e enterrada. Se ainda sobrevive de alguma forma, não a conheço. A pessoa de cujo sustento participo é apenas um nome do passado. Tens minha permissão para te retirares."

Calvoso saiu por uma porta, fazendo mesuras que lhe provocavam dores no lombo, mas cada fisgada era quase um orgasmo. Por falta de testemunhas, só precisaria reservar uma pequena parte daquele dinheiro a Espanca. Pior para seu amigo se, como ourives, não quisera expor-se pessoalmente indo com ele ao beija-mão de el-rei.

D. João chamou o conde de Brochado e ordenou que convocasse o conde de Linhares à sua presença.

Linhares surgiu a passos rápidos, vindo de seu gabinete. Como ministro, a cargo de tantas pastas e secretarias, era tido como de uma capacidade quase insuperável para acumular poder. Mas o de que se orgulhava mesmo era de sua habilidade política, e era nesta função que se tornara imprescindível a D. João. O príncipe lhe repetiu as denúncias de Calvoso — confusas, mas potencialmente verdadeiras. Linhares disse que seria fundamental ouvir D. Pedro, para esclarecer como Jeremy Blood se apossara do medalhão. Depois, ponderando o melindre da situação, considerou que a única maneira de neutralizá-la seria atacando a integridade de Sir Sidney, então o principal fiador das ambições de dona Carlota aos tronos português e espanhol. Mas, para isto — frisou Linhares —, requeria *laissez-faire* em seu encontro com o chefe da esquadra inglesa.

D. João concedeu-lhe carta branca e só lhe disse que agisse sem demora — sabendo que, pelo enfraquecimento de Sir Sidney, teria, de quebra, a gratidão de lorde Strangford, com quem se entendia às maravilhas.

Assim como dona Carlota se empolgou com o presente que lhe caíra ao colo, Linhares também viu naquele xadrez, que se armara fortuitamente à sua frente, a oportunidade de desmontar com uma só pancada todas as ameaças que a própria dona Carlota e seu aliado inglês representavam para D. João. Sua primeira providência, ao voltar para o ministério, foi escolher de um pote sobre sua escrivaninha uma longa pena de ganso, com a pluma tingida nas cores portuguesas. Só usava esta pena para os despachos mais momentosos, e não havia dúvida de que o documento que se preparava para escrever era de vital importância: uma longa carta endereçada ao almirante George Canning, na Chancelaria inglesa, em Londres.

Linhares molhou a pena na tinta e começou a contar como a imoral intimidade entre Sir Sidney Smith e a princesa dona Carlota Joaquina estava conspirando contra os melhores interesses das coroas britânica e portuguesa, principalmente no que se referia à iminente independência das colônias espanholas na América. Tal independência, desejada pela Inglaterra e pelo Brasil, era tudo que não convinha à Espanha, cujo trono dona Carlota intentava assumir como regente tendo como avalista militar nada menos que... Sir Sidney Smith. Seguiram-se páginas sobre as dúbias maquinações de dona Carlota, inclusive sua inacreditável carta ao usurpador do trono espanhol, o francês José Bonaparte, oferecendo-se para impedir a independência das colônias, desde que fosse feita regente delas — carta esta que Linhares, através de seus serviços de inteligência, tinha interceptado, lido e de novo lacrado para ser enviada ao destinatário.

Com isso, Linhares dizia a Canning que, enquanto seduzia um funcionário britânico com uma das mãos, dona Carlota não se vexava de usar a outra para jogar beijos ao grande inimigo da Inglaterra — Napoleão. Ou seja, manobrava em função de uma solução inglesa e outra, francesa.

"Caso se configure a solução inglesa", escreveu Linhares, "não se sabe o que Sir Sidney pretende fazer com as colônias espanholas sob dona Carlota". E, salivando intensamente, continuou: "Mas ninguém ignora o que ele faz *sobre* dona Carlota — como podem relatar seus imediatos, que o escoltam todas as tardes ao palacete da princesa em Botafogo e, para matar o tempo, aproximam-se das janelas para apreciá-los em ação, com o que aprendem diariamente algum novo estilo ou posição para fazer amor."

Linhares sabia muito bem o que esse tipo de insinuação representava. Os ingleses têm um nervo excessivamente sensível a qualquer desvio moral de seus súditos. Ao tocar nesse nervo, em combinação com a denúncia de que um representante de Sua Majestade no Brasil estava se aliando carnal e ilicitamente a uma potencial inimiga da Inglaterra, como dona Carlota, ele só faltava escanhoar o pescoço de Sir Sidney para melhor receber o machado do verdugo. E, não menos de caso pensado, continuou: "Desnecessário acrescentar o desgosto que essa *liaison* provoca em Sua Alteza Real, o príncipe D. João, que, conformado com a excessiva disponibilidade da princesa, passou a confiar em que homens como Sir Sidney se retraíssem e se contivessem diante de certas tentações, em nome da longa amizade entre nossos reinos."

Acrescentou as despedidas e formalidades de praxe e, com um gesto largo do braço e do pulso, assinou:

"D. Rodrigo de Souza Coutinho, conde de Linhares, ministro da Marinha, do Ultramar e dos Negócios Estrangeiros de S. A. R., D. João, príncipe regente de Portugal e do Brasil." Apôs-lhe o lacre vermelho-sangue, de documento oficial, e enrolou-o, atando-o com um laço de seda branca.

Só que, em vez de mandar a carta, Linhares trancou-a numa gaveta. Mas, antes, tirou uma cópia, que também assinou e à qual após seu lacre pessoal, verde-musgo. Em seguida, despachou um emissário ao morro de São Bento, pedindo uma audiência com Sir Sidney para aquele mesmo dia.

Assim que o estafeta zarpou, o conde pôs-se a andar de um lado para o outro em seu gabinete, com o documento debaixo do braço, mal vendo chegar a hora de terçar suíças e bigodes com o inglês. E, enquanto esperava, convidou o príncipe D. Pedro a ir visitá-lo no ministério.

Na véspera, depois do canhonaço de mentirinha contra D. Miguel, Leonardo deixou D. Pedro no Paço e voltou para sua casa, na Gamboa. Há dois dias seu padrinho não o via, nem sabia por onde andava. Não que Quincas se preocupasse muito com isso — confiava no afilhado e julgava-o zorro e sagaz para escapar dos apuros em que se metia. E nem era a primeira vez que ele passava noites fora. Quando Leonardo afinal lhe apareceu, no fim da tarde de domingo, o barbeiro o recebeu com festa e reparou nos seus trajes, já sujos e amarfanhados, mas bem mais alinhados do que aqueles com que o guri saíra pela última vez.

"Quem é o teu novo alfaiate, Leonardo?", perguntou.

"Podes não acreditar, padrinho, mas é o alfaiate real, com oficina a serviço do Paço. E quem me deu ou emprestou essas roupas foi o príncipe herdeiro, D. Pedro de Bragança."

Quincas deixou escapar um suspiro duplo, talvez triplo. Em suas tresloucadas fantasias, sempre fizera grandes planos para Leonardo. Já o imaginara em Coimbra, formando-se em química ou medicina. Ou quem sabe a inspiração divina fizesse dele um padre e, algum dia, um bispo — para tanto, obrigara-o a ajudar missa na igreja de Nossa Senhora da Saúde, mas um coroinha invejoso o prejudicara e lhe pusera tudo a perder. Vira-o também na pele de um professor, de um juiz e de um fiscal de rendas. Se, no futuro, nada disso calhasse ou apetecesse ao afilhado, que fosse servir na tropa do major Vidigal — apesar de o major dedicar-se a persegui-lo pelas ruas e a imputar-lhe malfeitos cometidos por outrem. Os vizinhos, os desafetos e outros futriqueiros viviam a dizer a Quincas que esses eram sonhos baldios, mas ele não lhes dava ouvidos. Nunca lhe ocorrera que o grande objetivo de vida de Leonardo era não ter objetivo algum e o de viver conforme a telha, esta de preferência coberta por um chapéu a dois ventos.

Mas, por mais que só colecionasse negativas no comportamento do garoto, Quincas se acostumara a substituir cada esperança que se provasse vencida e inatingível por outra, ainda maior, de que o garoto seria bem-sucedido em tal ou qual especialidade. Um dos motivos para tanta fé em Leonardo era que ele não apenas nascera voltado para a Lua como "mamara em sete amas" — e, segundo os antigos, isso era vaticínio seguro de grandeza. E pelo menos de uma coisa Quincas tinha certeza: Leonardo podia ser avoado, mas era um menino honesto, até onde isso lhe fosse possível. Entre outras coisas, não seria capaz de mentir.

Por isso o barbeiro suspirou quando Leonardo lhe veio com essa história do alfaiate do Paço Real e de estar a usar roupas que pertenciam a D. Pedro. Que disparates eram aqueles?

"Não me lembrava de ter-te ensinado a mentir, Leonardo", exalou, resignado.

"Mas não estou a mentir, padrinho", indignou-se Leonardo. "É a pura verdade. Pernoitei de sábado para domingo no Paço, sob os lençóis do príncipe D. Pedro, depois de tê-lo ajudado a safar-se de um espeto no beco do Telles. Horas depois, foi ele quem me livrou das garras do major Vidigal. Criamos uma grande camaradagem."

Leonardo contou a um estupefato Quincas suas aventuras dos últimos dois dias, e com tantos detalhes que o barbeiro não teve como duvidar. O que mais o impressionara era a articulação malévola que se fazia contra o príncipe D. João, envolvendo dona Carlota e os ingleses, e que Leonardo estava ajudando o príncipe D. Pedro a desbaratar.

"Não achas perigoso te meteres nisto, Leonardo?"

"Agora que já me meti, não sei o que acontecerá, padrinho. Mas só voltarei a ver D. Pedro quando Sua Alteza me procurar. Para isto, ele irá ao prédio abandonado da Candelária e deixará uma mensagem para mim, propondo dia e hora para um encontro."

Quincas gostou. Até que enfim, seu afilhado parecia no bom caminho. Via-o em breve um disputado mocetão, com os créditos e aparatos de um baronete, ou, quem sabe, seguindo uma lampejante carreira militar em que chegaria, no mínimo, a general. Mas era como se o rapa-queixos continuasse a escutar cantos de cotovia. Não lhe ocorria que nada disso estava nos planos de Leonardo e que, deixado a seu alvedrio, o menino continuaria à solta e descalço pelas ruas do Rio, rei de seu próprio reino e feliz como água de chafariz.

O estafeta voltou ao conde de Linhares com a informação de que Sir Sidney Smith o receberia em sua residência às seis da tarde daquela segunda-feira. Faltava pouco para a hora do ângelus, mas Linhares ainda teve tempo de, a caminho de São Bento, estacionar sua sege junto ao arco do Telles e bater à porta de Calvoso.

Este, escabreado, e com razão, à perspectiva de qualquer visita, ouviu as palmas e deu um salto do sofá Império, a que faltava um braço, onde descansava da surra que tomara na véspera. Foi receber o visitante na escada e, ao ouvir o fidalgo se apresentar como o conde de Linhares, a mando do príncipe D. João, tranqüilizou-se. Mesmo assim, tinha a impressão de que, por qualquer motivo, também este homem iria vibrar-lhe cantantes bofetadas. E já esperou pelo pior assim que ele pronunciou suas primeiras palavras:

"João Calvoso", começou Linhares, "não vos farei a injustiça de chamar de crápula. Essa qualificação é tímida para o vosso merecimento. Sois um pária abjeto, um canalha, que a Corte deveria extirpar de suas entranhas assim como um organismo sadio precisa expelir um verme que nele se hospeda. Sei muito bem que parte de vossas denúncias à Sua Alteza Real, hoje pela manhã, é verdadeira. Mas sei também que a maneira pela qual atraiu o príncipe D. Pedro a este antro, sob o pretexto de induzi-lo a praticar conúbio com uma velha insana, e finalmente tentar roubá-lo de suas posses, seria suficiente para vos levar à forca várias vezes."

Calvoso, temendo desmaiar, já preferia que o homem o tivesse esbofeteado. Graças à sua matreirice de ir ao beija-mão do príncipe D. João e quase se entregar, julgava-se livre de mais investigações. Mas, diante daquilo, era certo que o príncipe D. Pedro, talvez confrontado com o medalhão, contara a verdade a seu pai e a este homem.

"Aliás, a hipótese de uma condenação à forca não está afastada", continuou Linhares. "Tenho o relato em detalhes do príncipe herdeiro. Mas vamos primeiro ao que interessa. Onde está a Sra. Bárbara de Urpia?"

Calvoso, quase sem forças, trôpego e trêmulo, conduziu Linhares pelo corredor escuro e indicou-lhe o último quarto, também mergulhado em treva. Entrou na frente e falou para a mulher na cama:

"Bárbara, aqui está este senhor que te quer falar", gaguejou. "É o conde de Linhares, ministro do príncipe D. João."

Apesar da escuridão, podia-se ver que Bárbara estava recostada na cama. Mas ela não respondeu. Talvez estivesse dormindo, como fazia quase todo o tempo. O bafio no ambiente era irrespirável.

"Bárbara?", chamou, mais uma vez, Calvoso.

Nenhuma resposta.

Calvoso resolveu despertá-la com um toque, mas, assim que lhe encostou a mão, ela caiu dura para um lado da cama.

Correu a abrir as janelas, para fazer entrar ventilação e um pouco da luz do fim da tarde. Mas as janelas estavam pregadas — ele mesmo as lacrara, havia muitos anos. Usou de toda a sua força para despregar uma bandeira, o que conseguiu, porque os pregos já estavam apodrecidos pela maresia. Um jato de claridade invadiu o quarto, criando uma névoa opalescente, de grãos de pó em suspensão. Olharam para a cama e viram Bárbara, tombada para o lado direito, os olhos fechados, tranqüilos, e os ombros e o peito cobertos por um manto outrora vermelho, mas, agora, desbotado e coberto de mofo e rasgões. Estava morta.

Linhares já vira outros mantos como aquele, sobre os ombros de D. Maria I ou Carlota Joaquina. Era um manto real. As rainhas e princesas só o usavam nas grandes recepções ou ao posar para os pintores. Como um deles podia estar agasalhando Bárbara dos Prazeres?

~ 12 ~

EM QUE BÁRBARA REVIVE SUAS 1.001 NOITES
DE AMOR E SIR SIDNEY DESCOBRE QUE JÁ NÃO PODE
CONTAR COM SUA DAMA DE ESPADAS

Naquela manhã, Bárbara sentira a aproximação da morte e se vestira para esperá-la. Sua mente era um cais de brumas, povoado por figuras que entravam e saíam de cena, ora no porto de Lisboa, ora no porto do Rio, como que a puxando de um navio para o outro, até que um deles se fazia de foz em fora e ela não sabia mais onde estava.

Às vezes, a memória a devolvia aos seus 15 anos e ao Paço Velho da Ajuda, e ela se via, de novo, nos braços do príncipe D. João. Mas, sem aviso, o rosto e o corpo de D. João eram tomados pelos de outras pessoas enquanto o cenário continuava igual. Num momento, D. João se tornava Antonio de Urpia, com quem ela fora forçada a casar-se, embora nunca o tivesse amado e sempre o desprezasse. Em outro, saía Urpia, e o rosto e corpo do amante tornavam-se os de Tenório, o garrido mulato pelo qual ela se livrara de Urpia.

Ainda se lembrava de como conhecera Tenório. Fora numa seresta a que comparecera com Urpia na rua das Belas Noites, numa noite abafada de verão e com ameaça de chuva. A música de arietas, modinhas e quadrilhas vinha de uma orquestra de violinos, marimbas e tambores no Passeio Público. Os bicos-de-cegonha pendurados nas árvores do Passeio iluminavam as adjacências e havia muitos casais dançando na rua. Bárbara estava de cabelos soltos e com um vestido de filó de seda *sang de boeuf,* que lhe deixava os ombros nus e revelava seu pescoço de garça, perfeito para beijos.

Seus olhos cruzaram-se por acaso com os de Tenório e, à curta distância, ela viu neles o fogo, a brasa e a lava que, dizia-se, atiçava os mestiços do Brasil e que ela sonhava encontrar no Rio desde que o príncipe D. João a obrigara a deixar Lisboa. Pois, a menos de 5 metros, lá estava um deles: camisa verde-limão aberta, o colete azul com os atacadores desatados, as calças claras, largas e presas aos tornozelos, e as sandálias sem meias — alto, tez de açúcar queimado, com um rabicho encaracolado pendendo-lhe da cabeça e um sorriso galhardo, de dentes grandes, tantos quanto uma boca conseguisse comportar.

Bárbara estava de braço com Urpia, como convinha a marido e mulher. Mas seu marido a deixou por segundos para se dirigir a alguém que lhe fazia efusivos sinais no chafariz das Marrecas, no outro lado da calçada. Tempo suficiente para que o céu, sem dizer água vai, despejasse tudo que as nuvens pareciam estar acumulando naquela noite. A chuva caiu tão forte e espessa que confundiu os casais, fazendo com que se desgarrassem à medida que cada um corria para um lado em busca de proteção sob as árvores.

Aos primeiros pingos grossos, Urpia quis voltar para Bárbara, mas já não teve tempo — um lençol de borrasca se pusera entre ele e o lugar em que a deixara na calçada em frente. Bárbara foi levada pelo vento em direção contrária a seu marido.

Mas não ficou indefesa — a turba e a ventania a arrastaram até ela sentir dois braços fortes que a envolviam, como se estivessem esperando por ela. Era Tenório, e eles souberam naquele momento que o destino não fazia mais que sua obrigação ao uni-los. Todo o corpo de Bárbara parecia encaixar-se nos equivalentes de Tenório. E a transparência das roupas de ambos, agora molhadas, revelava à perfeição o que esses corpos estavam pensando.

A chuva e o vento levaram Bárbara e Tenório para cada vez mais longe de Urpia e de todos. Era como se a água os lavasse de qualquer consideração racional ou moral. Quando se deram conta, estavam aos abraços no largo da Lapa — seus beijos se diluindo numa solução de saliva e chuva — e, depois, entrando numa casa na pequena ladeira dos Barbonos, ao pé do último arco do aqueduto. Era uma casa modesta, mas limpa. Ele tirou os sapatos e as roupas molhadas de Bárbara, ela arrancou-lhe a camisa e as calças, e os dois, ainda úmidos, se atiraram ao catre coberto por um colchão de palha. O calor que emanava de sua excitação secou-os da chuva, mas provocou um dilúvio de fluidos que os lubrificou pela madrugada afora.

Diante do chafariz das Marrecas, Urpia viu a chuva passar e Bárbara não reaparecer. Não se desesperou. Sabia que ela estava segura. Só não imaginava com quem. E, embora fosse a primeira vez que acontecia, já esperava por aquilo desde o dia em que D. João o presenteara com Bárbara — graça que ele nunca fizera por merecer, nem saberia como. E agora não lhe seria mais permitido aprender.

Quando Bárbara voltou para casa, bem de manhãzinha, encontrou Urpia a dormir profundamente, de bruços, com o rosto mergulhado no travesseiro. Em sua avaliação, ali estava o único obstáculo à sua felicidade com Tenório. Sabia que, por força do acordo com D. João, Urpia nunca permitiria que se separassem. Então, sem pensar, tomou providências. Pegou o espadim do próprio Urpia, embainhado ao talabarte pendurado a um cabide. Levantou o rabicho do marido para melhor expor-lhe a nuca e viu que esta tinha espaço mais que suficiente para receber a lâmina. Então, calculando bem o território para a estocada, encostou-lhe o espadim e o enterrou com toda força na carne do marido.

Urpia não gritou. Produziu apenas um som de quem engasga com litros do próprio sangue. Bárbara deixou cravado o espadim. Certificou-se de que nem uma gota respingara em sua roupa e saiu de casa, pé ante pé, pela porta de trás. Deu a volta até a frente da casa e entrou de novo. Tirou as roupas que usara na rua, vestiu calmamente a camisola e, dois minutos depois, acordou os criados com seus gritos de "Socorro!" e "Aqui, d'el-rei!".

Eles acudiram e surpreenderam Bárbara aos prantos e, de propósito, falando coisas desconexas. Ora dizia que um cigano entrara pela janela e os surpreendera dormindo; ora dizia que não havia cigano algum e que, ao acordar, descobrira que Urpia se matara. Os criados acharam que ela enlouquecera. Um deles deulhe uma xícara de chá de capim-limão para acalmá-la. Outro correu a chamar o tenente Vidigal.

Bárbara nem percebeu a chegada daquele oficial de pouco mais de 20 anos, já cheio de jactância e idéias. E, como não lhe concedeu um único olhar, não se alterou com o fato de que bastou a Vidigal uma espiada perfunctória no cenário para se deparar com uma abundância de fios soltos.

Bárbara nunca soube, mas, se Vidigal tivesse chegado a interrogá-la, ter-lhe-ia feito as perguntas mais comprometedoras. Primeiro, como um cigano poderia ter entrado pela janela se todas as janelas estavam trancadas por dentro? Segundo, mesmo com a chuva forte que enlameara o jardim, as únicas pegadas frescas no lado de fora da casa eram dos sapatinhos sujos de barro de madame de Urpia, sinal de que ela fora ou voltara havia pouco da rua. Terceiro, Urpia tinha sido morto dormindo e com seu próprio espadim cravado na nuca — mas, se estava dormindo, por que o cigano o mataria? Quarto, não havia gavetas remexidas, nem cofres arrombados, e nada havia sido roubado dos móveis e das paredes. Quinto, ciganos raramente entravam em casas alheias à noite; só faziam isso de dia e quando tinham certeza de que estariam vazias, para roubar coisas como *bonbonnières* de porcelana, relógios de carrilhão ou alguma criança. Sexto, não havia ciganos na Glória, onde morava o casal. Sétimo, Urpia só poderia ter se suicidado se fosse um contorcionista — não lhe ocorreu um lugar mais simples para cravar o espadim do que a própria nuca? Oitavo, se madame de Urpia estava deitada ao lado do marido quando o espadim lhe fora cravado, por que nem uma gota se lhe aspergira? Nono, ele, Vidigal, nunca vira um caso agudo de histeria ser curado por um chá de capim-limão.

E vamos pular os muitos outros pontos que Vidigal considerou obscuros. Finalmente, em 18º lugar, por que o cigano — em havendo esse cigano — usaria o desajeitado espadim de Urpia se tinha sua própria faca, muito mais à mão e conveniente para estocar alguém na nuca?

Nos dias seguintes, Vidigal já se preparava para tomar o depoimento de Bárbara e expor o culpado — ou culpada — quando recebeu ordens do gabinete do vice-rei, o conde de Resende, para deixar tudo como estava, escolher um cigano de suas relações, de preferência com uma ficha bem suja, e incriminá-lo. O tribunal se encarregaria de declará-lo culpado e enforcá-lo.

Vidigal ficou tiririca. Ainda tentou argumentar, mas sem sucesso — o conde de Resende nem o recebeu. Então fez o que lhe ordenaram e lavou as mãos. Mas o nome de Bárbara de Urpia lhe ficou atravessado, e ele o anotou em seu caderninho.

Um ano depois, o belo Tenório, que fora morar com Bárbara no Catumbi, também foi encontrado morto na cama dela, só que com uma faca de cigano cravada na nuca. Apesar das extraordinárias semelhanças entre os dois casos, e igualmente mal explicadas, o detalhe da faca levou à condenação de mais um cigano — depois que Vidigal foi de novo instruído a isto, e pelo mesmo vice-rei. E, mais uma vez, Vidigal, em seus azeites, anotou o nome de Bárbara em seu borrador. Mas não havia nada que ele pudesse fazer.

Tamanho poder numa mulher o fascinava. A lei, o direito, a justiça não a tocavam. E o que mais o intrigava era como tal criatura, duplamente criminosa, transgressora de todos os princípios em que ele acreditava, conseguia despertar-lhe sentimentos que nunca experimentara por nenhuma outra. Vidigal se apaixonara por Bárbara. E como investigar, acusar e prender a mulher que se ama?

Bárbara nunca se beneficiou dessa informação porque, para ela, Vidigal era mais insignificante que as moscas que adejavam sobre os cadáveres de seus homens. Sabia quem ele era — a cada crime, via-o farejando sua casa em busca de pistas —, mas nunca se preocupara com o que ele pudesse descobrir. Assim, é possível que nunca tivesse sabido do que ele sentia a seu respeito — e nem Vidigal se atreveria a declarar-se. Pelos 12 meses que se passaram entre as duas mortes, Vidigal digeriu em silêncio essa paixão, até já não saber se era esta ou uma pedra que pesava em seu coração. O ódio por fim prevaleceu quando ele descobriu que Bárbara se tornara uma prostituta e, como tal, permitia que outros homens esguichassem suas nojentas secreções sobre seu amor por ela.

Do amor ao ódio e à apatia, Vidigal superou seus sentimentos para com Bárbara, mas sempre preferiu lhe guardar distância. Anos depois, quando ela reapareceu como Bárbara dos Prazeres, cercada de lendas e credulidades, já não fazia sentido prendê-la — porque Bárbara de Urpia deixara de existir.

Fiapos de lembranças tinham tomado a cabeça de Bárbara nos últimos dias. A presença do jovem príncipe D. Pedro em sua cama ativara uma seqüência de sensações desencontradas em seu íntimo. Se aquele menino era filho do príncipe D. João, como Calvoso lhe dissera, significava que poderia ter sido seu filho. Ou até que o fosse, embora ela não tivesse uma memória muito viva de se ter casado com D. João ou mesmo de, um dia, ter sido mãe. Sabia que engravidara muitas vezes — até que, pela grosseria dos objetos que lhe introduziam para livrá-la desses indesejados, acabara ficando estéril. Tudo em sua vida passara pela vagina: os homens, o prazer, a dor, a glória, o opróbrio, a morte e a própria vida. Mas isso fora há muito tempo. Agora, finalmente, um cansaço acumulado de anos começava a pesar-lhe nos ombros, e ela resolveu se adereçar para o que pressentia ser a hora da sua redenção.

Tirou de um baú, que não abria há vinte anos, o manto real com que D. João um dia a presenteara e que, certa noite, haviam estendido no chão, ao pé do trono no Paço da Ajuda, em Lisboa, para fazer amor sobre ele. Era o manto de uma rainha. Talvez tivesse pertencido a dona Maria I, mãe de D. João. Talvez tivesse pertencido a ela própria, dona Bárbara I, rainha de Portugal. Tudo era muito vago. Talvez D. João nunca lhe tivesse dado aquele manto, e ela o tivesse apenas roubado.

Bárbara sabia que faltava pouco. Horas antes, Fontainha trouxera o pequeno almoço e Calvoso lhe dissera que iria ao Paço para o beija-mão do príncipe regente. Os dois homens só voltariam a perturbá-la no fim da tarde. Certa de estar a sós pelo resto do dia, Bárbara vestiu o manto real, recostou-se à cabeceira da cama, como se fosse o espaldar de seu trono, e fechou os olhos. E, como esperava, uma sensação de paz apoderou-se dela e nunca mais a abandonou.

Linhares debruçou-se sobre a cama e, vencendo a repulsa pela inhaca que aquele corpo desprendia, sentiu o pulso e o coração de Bárbara. Declarou:

"Está morta."

Nem precisava ter-se dado a tanto — Bárbara já estava fria, porque morrera talvez no começo da tarde. Linhares encarou Calvoso e disse:

"Vá agora ao papa-defuntos e providencies um caixão bem simples. Tenho um compromisso, mas voltarei em uma hora. Bárbara será enterrada ainda hoje na Misericórdia, sem alarde e sem cortejo. Entrementes, iremos remover todos os vestígios de sua passagem por esta casa. O inventário de seus pertences será feito pessoalmente por mim esta noite."

Deu-lhe dinheiro que chegasse para a despesa e saiu. Não contava com a morte de Bárbara, mas esta lhe saíra de colher — com ela debaixo da terra, caía a última ameaça a D. João. Seria como se a infeliz nunca tivesse existido. Subiu de novo à sua sege e, em vinte minutos, bateu à porta de Sir Sidney Smith em São Bento.

"Em que vos posso ser útil, conde de Linhares?", perguntou simpaticamente o contra-almirante.

"Primeiro, deixando de interferir nos negócios da Coroa portuguesa, Sir Sidney", disse Linhares, também com um sorriso nos lábios, mas direto ao assunto, com um acento azedo na voz. "Esta carta que pretendo encaminhar ao vosso superior e meu colega, o chanceler Canning, e da qual lealmente vos concedo a primeira leitura, ajudará a esclarecer o que digo."

E entregou-lhe o papel enrolado, já sem o laço de fita.

Smith não esperava por aquilo. Abriu o papel, começou a leitura e seu rosto foi perdendo as cores e consistência originais, até sua pele ganhar a textura e a aspereza de um documento medieval, sem seiva e sem viço, e tornar-se uma máscara pregueada. Cada palavra ali contida era uma sentença de morte contra a sua pessoa.

"Mas, como, conde de Linhares? O que significa isto?", tentou escapar Smith.

"Significa que não precisaremos tomar a desagradável atitude de considerá-lo *persona non grata* no

Brasil, Sir Sidney", respondeu Linhares. "O chanceler Canning certamente vos chamará de volta ou vos designará para outro posto, em outro país — se tiver a caridade de permitir que prossiga em vossa carreira."

"Essas acusações não me assustam, conde de Linhares", reagiu Smith. "Não é possível contestar certas denúncias referentes ao príncipe D. João e que interessam a dona Carlota."

"Se Vossa Excelência se refere aos rumores envolvendo a Sra. Bárbara de Urpia", devolveu Linhares, "tais denúncias só seriam plausíveis se respaldadas por testemunhas. E a principal testemunha, que é a própria Bárbara, não poderá corroborá-las. Será fácil desqualificar as denúncias de dona Carlota. Principalmente tendo em vista a vossa participação como — sem jogo de palavras — um membro ativo na história."

Sem saber que Bárbara estava morta, Smith ainda mostrou firmeza:

"Temos um trunfo forte — uma dama de Espadas — no beco do Telles, Sr. Linhares. Quanto à acusação de um suposto envolvimento meu com a senhora princesa dona Carlota, não vejo como isso fará bem à posteridade do príncipe D. João. Vossa Excelência deseja que Sua Alteza passe à história como D. João, o Corno?"

"A história saberá honrar o príncipe D. João pelas suas magníficas realizações, Sir Sidney, as quais superam e anulam as possíveis vicissitudes familiares de Sua Alteza. Só não sei se será tão generosa com Vossa Excelência", ironizou Linhares. "Mas chega disso. Peço-vos informar ao Sr. Jeremy Blood que, a partir de agora, ele fica dispensado de comparecer a palácio para suas negociatas e que pode se considerar acusado de conjura em último grau, crime pelo qual será julgado por nossas cortes. É possível que a forca seja o seu destino. E que não saia do Rio até ser chamado a depor. Aliás, esta última recomendação aplica-se por igual a Vossa Excelência."

Sir Sidney ainda tentou uma última cartada:

"Dona Carlota terá prazer em reapresentar dona Bárbara de Urpia ao príncipe D. João", grunhiu, confiante. "Dona Bárbara quer agradecer a Sua Alteza tudo o que fez por ela desde que deixou Lisboa."

"Tarde demais, Sir Sidney", lamentou Linhares. "E é pena, porque eu próprio gostaria de presenciar esse espetáculo. Bárbara de Urpia está morta — de velhice, doença, morte natural ou simples desencanto."

A cara de Sidney Smith foi ao chão diante dessa informação. Ela não estava nos seus planos. E, antes que ele se recuperasse, Linhares arrematou:

"A carta para o ministro Canning seguirá pelo primeiro navio que deixar o Rio em direção a Londres. Dentro de trinta ou quarenta dias, teremos a resposta. Ou, melhor dizendo: vós a tereis."

E, com um toque no chapéu, que nem chegara a tirar da cabeça, despediu-se e saiu, de volta para o beco do Telles.

O dinheiro que Linhares dera a Calvoso para o sepultamento de Bárbara era suficiente para dispensar-lhe um enterro à altura do luxo que ela conhecera em suas 1.001 noites de amor. Assim como, em vida, Bárbara se cobrira (ou se despira) de tantos metais, pedras e tecidos nobres, sua última viagem poderia ter merecido distinções equivalentes: caixão de jacarandá com alças de bronze, cortejo a cavalo, leito de pétalas de rosa no caminho do féretro e um coro de virgens entoando hinos sacros. Mas isso era tudo que Linhares não queria. Para ele, Bárbara precisava sumir de vista o mais rápido possível, em silêncio e em segredo.

A uma ordem sua, um coche do Paço foi ao beco do Telles para recolher o caixão cru, sem nenhum adorno, contendo o corpo de Bárbara, e levá-lo para a Misericórdia. Ele próprio seguiu atrás, com Calvoso e Fontainha, numa carruagem de aluguel. Bárbara desceu à terra com uma simplicidade de rato de igreja, na presença de algumas freiras que não a conheciam. Exceto pelo choro baixinho de Fontainha, que via em Bárbara uma espécie de mãe ou avó, ninguém emitiu um som.

Os três voltaram para o beco do Telles e, sob as vistas de Linhares, Calvoso dedicou-se a esvaziar o baú e a cômoda de Bárbara. Famílias inteiras de baratas iam sendo desalojadas à medida que ele retirava os pertences pessoais da mulher e os atirava sobre a cama dela. Roupas, sapatos, mantilhas, chapéus — esgarçados, podres, cobertos de insetos —, potes de creme e frascos de perfume vazios, escovas carecas, pentes desdentados, leques e espartilhos com as paletas e barbatanas quebradas. Não havia mais nada de valor. Fizeram daqueles trastes uma trouxa com as cobertas da cama, tiraram o colchão marcado pelo corpo de Bárbara e arrancaram o estrado, este por acaso quase íntegro. O destino daquele material seria a fogueira — e bem a propósito, sabendo-se que a cama de Bárbara fora quase uma pira, onde tantos homens arderam.

Removido o estrado, Linhares viu o que ele escondia: uma caixa de madeira escura entalhada, com cantoneiras douradas, do tamanho de um porta-jóias — e, por sorte, foi o primeiro a vê-la. Apossou-se dela com o máximo de naturalidade que conseguiu simular e a pôs de lado, perto de seu chapéu e bengala.

Linhares disse a Fontainha que levasse a trouxa para o cais e a queimasse. A Calvoso, que vendesse a cama ou até que dormisse nela se quisesse, tanto lhe fazia. De qualquer maneira, só teriam aquela noite.

"Vou poupar vossas vidas", disse Linhares, "mas preparai-vos para o degredo em Angola, na Bahia ou em outro lugar longe da Corte — ainda não decidi. Os granadeiros virão buscar-vos pela manhã. Não adianta tentar fugir." Abaixou o tom de voz e continuou: "Outra coisa — não há mais Bárbara de Urpia. E, se quiserdes conservar vossos pescoços, nunca houve." A advertência não podia ser mais clara.

Pegou suas coisas, sobraçou a caixa e foi embora.

Mais tarde, em sua casa, no Outeiro da Glória, Linhares forçou a caixa com uma espátula de prata. Dentro dela estava a tiara de brilhantes e diamantes que Bárbara jurara possuir e que julgava ter perdido. Sob a tiara, como que lhe servindo de leito, um maço de cartas em papel da China, em escrita firme e com as insígnias reais. Linhares sentou-se para lê-las.

Eram dez cartas do príncipe D. João para Bárbara. Todas datavam de 1791, o primeiro ano do exílio de Bárbara no Brasil — cartas de um homem inconformado com o que as circunstâncias o tinham condenado a fazer. Os reis e príncipes podem muito, mas não podem tudo — era o que aquele episódio ensinara a D. João. Num círculo em que a paixão contava tão pouco e a palavra amor era quase desconhecida, o destino entrava em cena e apagava de um sopro a chama dos dois jovens amantes.

Na décima e última carta, D. João anunciava que a correspondência se interromperia — o que, pelo visto, aconteceu. Como se, de um golpe, se separasse uma cabeça de um corpo.

∽ 13 ≋

EM QUE PEDRO CAI PELOS OLHOS DE MOIRA
DURANTE O CORTEJO E EXPERIMENTA AQUELE HORRÍVEL
SENTIMENTO PLEBEU CHAMADO CIÚME

Era tempo de luminárias. Assim se dizia quando a Coroa, por qualquer pretexto — aniversário, casamento, batizado ou nascimento de alguém da Família Real —, promovia uma comemoração popular. A cidade se iluminava por todos os dias que ela durasse e mais alguns, antes e depois do cortejo principal. A festa pelo noivado de dona Maria Teresa, princesa da Beira, com D. Pedro Carlos, infante de Espanha — o casamento seria dali a três meses, em maio —, foi uma delas, e das primeiras da Corte no Rio. Por especial licença do Arcebispado, foi-lhe permitido acontecer alguns dias depois do Carnaval, quando se celebravam as Quaresmas e, tradicionalmente, as pessoas se recolhiam às rezas e novenas em suas casas. O Paço cuidaria de que, com todo o júbilo, as festividades fossem modestas.

Modestas? Quem dera. Os esponsais dos infantes despertaram tal entusiasmo na cidade — seria o primeiro casamento entre príncipes europeus a se realizar fora da Europa — que ninguém ficou alheio à sua fascinação. Um conto de fadas às portas da rua do Ouvidor — onde e quando já tivéramos disso? As vésperas foram de fogos de artifício, repique de sinos e muitas missas pelos nubentes. Criou-se uma asfixiante expectativa pelo dia do grande cortejo com a presença da Família Real. Quando este chegou, o povo encerou os bigodes, cobriu-se de brincos e saiu às ruas.

O desfile oficial foi aberto pelas guarnições militares montadas, com seus penachos de plumas e cavalos com laçarotes nas crinas, seguidas a pé pela fanfarra dos timbaleiros e trombeteiros reais, todos formados no largo do Paço. Do Paço propriamente dito saíram os guardas de honra: os archeiros com suas alabardas, os arautos e os passavantes, todos vestidos com cotas de malha, como nos antigos torneios de cavalaria. Foram sucedidos pelos nobres menos agalardoados, pelos membros do baixo clero e pelos magistrados, mas nenhum deles se deixando trair pelas vestimentas — a Corte pedira roupas de domingo e eles tiraram dos armários suas casacas douradas, sobrepelizes roxas e cabeleiras cobertas de goma.

A hierarquia do cortejo começava a crescer com as alas dos altos funcionários da Corte, dos grandes do reino, de conde para cima, e da nata da Igreja. Eram esses últimos que, atrás e à frente, escoltavam o pálio sustentado por escravos, sob o qual desfilaram o príncipe regente e sua Real Família, com destaque para os noivos. Apenas os íntimos da Coroa notaram o rosto glacial, pasmado, inconsútil, onde nenhuma expressão se passava, da princesa dona Carlota — com o casamento de D. Pedro Carlos, a morte de Bárbara dos Prazeres e a desmoralização de seus aliados ingleses, suas pretensões aos tronos português e espanhol não tinham nenhum futuro à vista.

O desfile prosseguia. Atrás da Família Real, passaram os camaristas, os viadores e as damas, estas com seus cabelos de dois andares, os oficiais de Marinha, curvados pelas dragonas, os administradores civis e, fechando a fila, grupos indefinidos, mas que se diria de alta proeminência pelo simples fato de estarem ali. O protocolo também solicitara a exibição das condecorações — a menor fitinha, a mais insignificante medalha, qualquer honraria que pudesse impressionar e fascinar o povo devia ser apresentada.

O cortejo seguiu devagar, porque cada sorriso dos desfilantes era interminavelmente oferecido à esquerda e à direita, e retribuído em igual duração por cada lado da calçada. Ao chegar à rua Direita, tendo saído do Paço, levou horas para fazer a volta pela rua do Rosário e retornar ao próprio Paço, só que pela beira-mar — um caminho de poucos quarteirões, mas, centímetro por centímetro, alcatifado de flores, folhas e areias branca e vermelha (esta, colhida na praia Vermelha) e impregnado de ervas odoríferas. Os moradores do percurso, convidados a caiar de fresco suas fachadas, reforçar o azul-forte ou a cor de vinho das esquadrias e enfeitá-las com sedas e damascos, só faltaram competir entre si pela melhor decoração. Daí que era também uma festa do povo para a realeza — para mostrar-lhe sua adoração e deferência. Mas havia um limite para tanta deferência e, só depois que a procissão voltou para o Paço e devolveu a cidade ao povo, é que teve início o verdadeiro forrobodó.

Pedro participou do desfile oficial, deixando-se admirar sob o pálio com seus pais, irmãos e os noivos. Mas sua cabeça estava longe daquelas majestices. Só pensava em livrar-se das fatiotas e vestir algo leve para ir ao encontro de Leonardo, e os dois se aventurarem de novo pelas ruas. Assim que pôde, foi ao seu quarto tirar a beca e correu de volta à rua para se reunir a Leonardo no lugar que lhe propusera, em bilhete deixado no prédio da Candelária: no chafariz de mestre Valentim, no largo do Paço. Ao chegar lá e vê-lo à sua espera, foi como um reencontro de irmãos.

Não se viam desde que Pedro aprontara o trote do canhãozinho contra D. Miguel, uma semana antes. Ainda rindo da brincadeira, Leonardo despedira-se de Pedro e voltara para casa, surpreendendo seu padrinho com a narrativa de suas façanhas. O barbeiro se empolgara, mas achara prudente Leonardo se esconder por alguns dias para as bandas de São Gonçalo, em casa de amigos — para ficar longe das vistas do Vidigal e dar algum tempo ao major para esquecer as afrontas. Leonardo se submeteu e passou os quatro ou cinco dias seguintes no outro lado da baía. Até que sua paciência se esgotou e ele começou a achar que, com ou sem Vidigal, já era hora de voltar ao seu território — as ruas do Rio. Voltou e, ao bater o pique no prédio da Candelária, encontrou o bilhete de seu valente amigo D. Pedro. E ali estavam eles de novo juntos, no largo do Paço, à beira do cais de cantaria.

A maior atração dos festejos populares era o desfile promovido pelos comerciantes e artesãos, com dezenas de carros ornamentais puxados a mulas, para exibir seus produtos em meio a números de canto, dança e representação. Havia o "carro da China", patrocinado pelos mercadores de Macau e do Cantão estabelecidos no Rio, com saltimbancos apregoando marfins, biombos, porcelanas, tintas, lacas e cânforas. Havia os carros oferecidos pelos latoeiros, tanoeiros e cudeleiros, e também os dedicados pelos varejistas, boticários e relojoeiros. E, mais tarde, à noite, espalhadas pelas praças, muitas danças, ao ritmo de fados, fandangos e boleros.

Os dois seguiram o desfile dos carros alegóricos pela rua Direita e, quando esses viraram à esquerda, na rua da Alfândega, eles fizeram o mesmo. As sacadas dos sobrados se debruçavam sobre o cortejo na rua estreita e as pessoas atiravam flores, diziam chistes e faziam graça para os participantes. Fogos de artifício espocavam por trás dos prédios, produzindo clarões, enquanto, no chão, entre um carro e outro, homens dançavam e desenhavam fitas e anéis no ar com seus fogos volantes. E foi então que, num dos clarões produzidos pelos fogos, Pedro defrontou-se com as duas coisas mais bonitas que já vira em dias de sua vida: os olhos de Moira.

Não era apenas um par de grandes olhos pretos, luzidios como se tivessem sido lavados com lágrimas, engastados no rosto de uma menina. Eram também circulados por uma sombra que parecia separá-los do resto do rosto, como uma meia máscara, e encimados por sobrancelhas que faziam uma imprevista curva sobre o cenho alto, como a de um par de tis. Pedro a viu e ficou extático. Ao se perceber tão olhada, Moira sorriu.

Não estava sozinha. Trazia com ela uma amiga, quase tão bonita e com olhos também marcantes, mas de um verde muito claro, quase transparente — e seria por isso que se chamava Esmeralda? As duas tinham 16 anos, mas pareciam mais velhas. Eram alegres, soltas e tão desenvoltas que foram logo se apresentando. Pedro e Leonardo também disseram seus nomes — com Pedro, como sempre, preservando sua identidade. (E por que não? Ali ele não era o príncipe. Era apenas mais um — talvez o mais jovem, talvez o mais nobre, mas quem precisava saber? —, na longa linhagem de homens que se deixavam cegar por uma beleza morena.)

Leonardo chegou-se ao ouvido de Pedro e sussurrou-lhe:

"São ciganas."

A informação não perturbou Pedro. O que ele via eram duas mulheres que pareciam ter saído de uma das alegorias do cortejo e se materializado sobre o tapete de areia. E, não fosse aquele um dia de festa, com centenas de fantasiados pelas ruas, dir-se-ia que faziam parte de uma mascarada. Tinham os cabelos compridos cheios de cachos, com guizos e fitas amarrados, argolas nas orelhas e faces levemente tingidas de carmim. Usavam saias rodadas, de fita na cintura, que acentuavam o seu requebrado ao andar, e blusas folgadas que lhes deixavam os braços de fora e, às vezes, escorregavam, permitindo entrever um ombro. Podiam estar a caráter para o Carnaval, mas não estavam. Era assim mesmo que se vestiam, dentro e fora do acampamento cigano onde moravam, a uma légua dali, num dos cantos mais retirados do campo de Sant'Ana.

Sem muitos gestos ou palavras, Pedro e Moira, de um lado, e Leonardo e Esmeralda, de outro, se formaram em pares. Uma imantação natural os atraíra e fazia com que, nas ondas da multidão, às vezes eles se tocassem, se afastassem e se tocassem de novo. Leonardo era mais escolado — já tivera uma ou duas namoradas. Mas, para Pedro, aquele contato quase acidental de mãos e braços, pele e carne, entre ele e a menina era de uma excitação quase insuportável.

Não que as mulheres lhe fossem novidade. Em palácio, estimulado por seu amigo, o conde dos Arcos, Pedro com freqüência se tomava de desejos por alguma jovem camareira e se escondia com ela, para beijos e carícias, em algum ermo da Quinta. Mas isso nunca o satisfizera porque, nesses domínios, que eram os seus, ele era o príncipe — alguém a se dever obediência ou submissão. Naquela noite, na rua da Alfândega, no entanto, ele não deixaria que o príncipe sufocasse o homem. Perdido entre milhares, era apenas um rapaz sem títulos e sem terra, tão comum quanto Leonardo. E fora por ele, não por um príncipe, que a linda Moira se interessara.

Seria leviano dizer que se instalou uma liberdade imediata entre eles. E nem era assim que as coisas se passavam no tempo do rei. Essa liberdade foi se construindo passo a passo, durante a longa caminhada pela rua da Alfândega, seguindo os carros alegóricos — um roçar de cotovelos aqui, um olhar lúbrico ali ou algo que, acolá, um segredava para o outro e suas bocas produziam uma troca de calores em seus ouvidos. As ciganas, mesmo as bem jovens, como Moira e Esmeralda, sabiam ser provocantes e senhoras de seus encantos.

Pedro é que não sabia muito ou nada sobre os ciganos. Aliás, até Leonardo informá-lo há poucos minutos de quem se tratavam, nunca vira um deles. Ouvira dizer que os ciganos podiam ser portugueses, espanhóis ou húngaros, mas não tinham pátria e nunca morriam na cama onde haviam nascido. Eram nômades, peregrinos, que se espalhavam pelo mundo e falavam uma língua secreta, que só eles entendiam. E eram também católicos, mas com ritos próprios. Para Pedro, isso bastava. Ninguém lhe falara do mais importante: que as ciganas eram de se admirar com um olho e se vigiar com o outro. Os chefes dos bandos cuidavam para que elas não se unissem a outras gentes que não a sua — mas não as proibiam de fingir interesse por alguém de fora, para lhes arrancar algumas patacas. E Pedro nem imaginava que, cerca de cem anos antes, um importante antepassado seu já caíra no visgo de uma delas: seu trisavô, o rei D. João V. Ele tivera como amante uma cigana, a lendária Margarida do Monte — mas apenas porque ela se deliciara com a idéia de subjugar um rei às suas tentações.

Na esquina da rua da Conceição, um grupo de rapazes mais velhos interceptou-os alegremente, e um deles tomou-se de liberdades para com Moira. Enlaçou-a pela cintura, puxou-a para si e quis beijá-la na boca. Moira fugiu com o rosto, rindo muito — seus colares e pulseiras faziam eco ao seu riso líquido e musical —, e ele insistiu. Pedro ia intervir, quem sabe até revelar-se, mas, também rindo, o rapaz a soltou. Pedro, agora, podia vê-lo melhor. Como Moira, ele tinha os olhos cintilantes e usava roupas coloridas e argola na orelha. Pedro percebeu que ele também era um cigano, talvez do mesmo acampamento, e estava claro que Moira o conhecia. Os outros, igualmente ciganos, não fizeram nada, exceto cantar suas algaravias em coro. E, ainda cantando, foram embora, aviando-se para os lados da Prainha.

Pedro não conseguiu esconder sua contrariedade — como se Moira fosse culpada de outro rapaz também a desejar e fazer aquilo a que ele ainda nem se atrevera, que era tentar beijá-la. Como se ela fosse culpada de ser tão bonita e, por isso, os circunstantes não se lhe resistirem e se atirarem aos abraços sobre ela. Ou, pior ainda, como se seu jeito alegre e franco desse a impressão de que era disponível para carinhos. Pedro estava com ciúmes — horrível sentimento plebeu, de que os príncipes costumavam ser poupados, e ao qual ele acabara de ser apresentado. Mas Moira o amansou com um expressivo afago em seu rosto e, ao contato dos dedos da menina, suas faces ficaram flamengas, incandescentes.

Os carros continuavam avançando pela rua da Alfândega. Do "carro da América", saltaram homens seminus, fantasiados de indígenas, armados de lanças, e começaram uma dança selvagem no meio da rua. Um deles tirou Moira e a levou para o meio da roda. Pedro, mais uma vez, indignou-se, mas Leonardo o travou pelo braço. Esmeralda foi juntar-se à amiga na ciranda. Dançaram com os atores e, quando quiseram, voltaram para Pedro e Leonardo, sem que nenhum dos indígenas fizesse menção de detê-las. Era como se, para elas, dançar fosse algo de todos os dias, e com os mais perfeitos estranhos.

Já era perto de 11 da noite quando os carros chegaram ao seu destino final, o campo de Sant'Ana. Os dois casais se desgarraram do cortejo e entraram pela enorme praça, onde havia muitos outros festejos ao redor de fogueiras. Sentaram-se ao pé de uma delas e, à luz das chamas, Moira disse a Pedro:

"Dá-me tua mão, vou ler-te a sina."

Como todas as ciganas, ela era leitora da *buena dicha*. Pedro não sabia o que era isso, mas deixou-se ler, embora, para ele, o futuro não parecesse tão relevante quanto o calor daquelas mãos que seguravam a sua e seguiam as linhas de sua palma.

Moira olhava para a mão de Pedro, dizia alguma coisa e esperava a reação de seu rosto. Mas Pedro apenas a ouvia sem reagir, porque os vaticínios da menina não lhe soavam tão surpreendentes: ele se casaria duas vezes e teria muitas mulheres; seria rico e querido; sucederia a seu pai, brigaria com o irmão e — único momento em que a voz de Moira pareceu vacilar — teria uma vida curta, mas intensa. Nesse momento, Pedro riu. Poderia ser a sorte de qualquer um.

Esmeralda também quis ler a sina de Leonardo, mas este, com delicadeza, retirou a mão e não deixou.

Não queria saber antes do tempo o que lhe poderia acontecer. Podia não gostar do que lhe reservavam e, se não gostasse, teria de se esforçar para que não acontecesse. Nesse caso, sua vida se pareceria com a de seu padrinho, que, de tão cauteloso, nunca deixou que nada fora do comum lhe cruzasse o caminho, e nem por isso era feliz. Ele, Leonardo, contentava-se com o horizonte a 5 metros de seus olhos e com um futuro que talvez não passasse da manhã seguinte — o resto do dia, depois se veria.

Moira e Esmeralda apontaram para os grandes fachos luminosos ao longe e, conduzindo Pedro e Leonardo pela mão, foram na direção deles. Era o acampamento cigano. Ao se aproximarem, elas soltaram as mãos dos meninos, embora continuassem a guiá-los por entre as tendas. O bando teria cerca de cinqüenta pessoas, entre homens, mulheres e crianças. Muitos estavam sentados no chão, em pequenos grupos, ao redor de toalhas brancas ou de fogos feitos sobre duas pedras. A presença de Pedro e Leonardo não despertou comoções. Apenas um menininho, quase nu e de não mais que 5 anos, aproximou-se de Pedro e estendeu a mão:

"Emprestai-me um dinheiro, meu senhor. Nossa Senhora, que é minha madrinha, vos pagará."

Moira fez um gesto e ele se afastou. Uma velha sentada sob uma árvore, o colo coberto de figas, bentinhos e rosários, perguntou ao vê-los passar:

"Quer rezar quebranto? Quer benzimento? Quer esconjuro?"

Moira e Esmeralda os levaram a uma fogueira no centro do terreiro e os apresentaram a um homem alto, de costeleta e cavanhaque, o cabelo toucado por um lenço vermelho e os dedos cheios de anéis — um homem que tresandava autoridade e poder. Era Ormeu, o chefe de todos ali.

"São nossos amigos Pedro e Leonardo, Ormeu", disse Moira. E acrescentou alguma coisa curta, em patuá cigano.

Ormeu os ignorou. Olhou apenas para as duas moças sem dizer nada. Sentindo-se algo hostilizados, Pedro e Leonardo fizeram um gesto indefinido com a cabeça e começaram a afastar-se. As moças foram atrás deles e os conduziram para longe dos fachos, fora do acampamento — para uma espécie de grande cercado onde ficavam as carroças cobertas e os cerca de vinte cavalos do bando, todos roubados dos engenhos e fazendas por onde eles tinham passado.

Fora das vistas de Ormeu, e sem aviso prévio, Moira tornou-se muito mais insinuante. Passou o braço pela cintura de Pedro e colou suas coxas às dele. Esmeralda fez o mesmo com Leonardo. Cada uma levou seu namorado para um ponto extremo do cercado.

Leonardo esqueceu-se da vida quando Esmeralda começou a abraçá-lo e a beijá-lo nos olhos, na face e, às vezes, na boca. A cem metros de distância, separados pelos cavalos que bufavam e se agitavam, Pedro não pôde aproveitar os favores de Moira. Num gesto rápido e inesperado, ela se separou e se afastou dele. Pedro pressentiu qualquer coisa, mas não teve tempo de se virar. Alguém às suas costas agarrou-o pelos braços e o imobilizou. Antes que pudesse gritar, aplicaram-lhe uma mordaça, jogaram-no ao chão e acabaram de amarrá-lo pelas mãos e pelas pernas. Eram quatro homens fortes contra um rapaz.

Vistos do chão, ao ser arrastado pela estrumada na direção de uma carroça, eles lhe pareciam gigantes. E então Pedro identificou, recortado contra o céu, o perfil inconfundível de Jeremy Blood.

~ 14 ~

EM QUE LEONARDO DESOBEDECE ÀS ORDENS
DE EL-REI E VIDIGAL É OBRIGADO A FAZER O MESMO
PARA NÃO PASSAR POR MOCHO

No outro lado do curral, surdo ao que se passava pelos beijos de Esmeralda, Leonardo nem percebeu quando três outros homens apareceram às suas costas, separaram-no da cigana e também o imobilizaram e amarraram. Esmeralda saiu correndo.

Jeremy Blood, o inglês alto que ele conhecera com Pedro, apareceu com um envelope, dizendo:

"Moleque, D. Pedro está em meu poder. Quando te soltares, leva essa carta ao Paço e entrega-a a alguém de responsabilidade, para que chegue às mãos do príncipe regente. Contém minhas condições para devolver D. Pedro a salvo — embora minha disposição seja a de afogá-lo na baía. E que se apressem, se não quiserem ficar sem seu príncipe herdeiro."

Blood enfiou o envelope dentro da camisa de Leonardo e o bando foi embora em duas carroças, deixando o menino no chão, com as mãos presas às costas.

Naquele momento já não havia sinal das ciganas. Quando se certificou de que estava sozinho, Leonardo chamou por elas, mas seus gritos só perturbaram os cavalos, que se agitaram ainda mais. Leonardo conseguiu rolar para fora do cercado e, poucos minutos depois, ouviu quando os ciganos, quase todos (ou, pelo menos, os homens do bando), correram a amarrar seus tachos e canastras sobre os cavalos e levá-los dali, como se estivessem executando uma retirada em massa e às pressas.

Os ciganos tinham longa experiência em êxodos repentinos. Faziam isso quando o acampamento era invadido por um enxame de borboletas negras, que então abundavam no Rio — borboletas negras eram, para eles, sinal garantido de mau agouro. Ou quando algo acontecia nas proximidades e de que eles podiam ser acusados, com ou sem razão — nesse caso, era certo que o rapto do menino janota lhes seria imputado.

Pedro e Leonardo nunca saberiam se tinham sido atraídos para uma cilada por Moira e Esmeralda — ou se Jeremy Blood apenas se dedicara a vigiar a saída do Paço ao término do cortejo real, na esperança de que Pedro saísse à rua e ele pudesse segui-lo. Mas, sendo assim, como Blood podia ter certeza de que Pedro seria conduzido a um lugar tão isolado e conveniente como o cercado dos ciganos? E de onde saíram as carroças que já pareciam estar ali, à espera? E, se já não estivesse preparado, como Jeremy Blood conseguiria formar tão prontamente uma quadrilha de sete capoeiras para ajudá-lo? Seja como for, tudo dependeria de Pedro sair à rua depois do desfile — a não ser que, ao descobrir o esconderijo na rua da Candelária, Blood tivesse lido o bilhete que ele deixara para Leonardo, marcando o encontro no chafariz. Nesse caso, poderia realmente ter contratado as ciganas como isca. Mesmo assim, como garantir que elas dariam conta da cilada? Só Moira e Esmeralda poderiam responder a essas perguntas — ou, quem sabe, o sinistro Ormeu.

Mas já não havia nenhum cigano no campo de Sant'Ana quando, ao raiar do dia, Leonardo voltou, com o conde dos Arcos e com Vidigal e sua tropa, ao espaço onde ficara o acampamento. Não havia também nenhuma pista, nenhum registro de luta, exceto o rastro do corpo de D. Pedro ao ser arrastado pelo esterco. Deixados para trás, apenas alguns cacarecos dos ciganos, como marmitas e panelas de cobre furadas, cestas e chapéus velhos e restos de comida, como ossos de galinha. Àquela hora, os próprios ciganos já deviam estar longe dali. Não valia a pena persegui-los, nem seria possível arrancar nada deles. E a carta que Leonardo levara ao palácio era mais que esclarecedora.

Horas antes, Leonardo conseguira livrar-se das cordas e vencer correndo a légua e meia entre o campo de Sant'Ana e o Paço. Os guardas o barraram e nunca teriam permitido sua entrada se, por sorte, seus apelos em nome de D. Pedro não tivessem sido ouvidos pelo conde dos Arcos, que, na mesma hora, estava saindo pelo portão. Arcos recebeu a carta e, depois de ouvir o relato de Leonardo, foi levá-la em pessoa a D. João. E disse a Leonardo que o acompanhasse, pelo menos até a antecâmara.

D. João já estava dormindo e roncando, mas o conde de Paraty, seu camarista, entendeu a gravidade da situação e aceitou despertá-lo. O príncipe acordou assustado:

"O que foi? Que me querem?"

Arcos leu-lhe a carta de Jeremy Blood, que não deixava margem a dúvidas. Nela, Blood anunciava ter seqüestrado D. Pedro e, como resgate, exigia salvo-conduto para deixar o Brasil. Não se deixaria ficar para ser enforcado por uma corda brasileira. Os termos em que a operação se daria também estavam bem especificados. O brigue *Voador* deixaria o Rio rumo à Europa dali a dois dias. Pouco antes da partida, Blood, escoltado por sete capoeiras, subiria a bordo levando D. Pedro com as mãos amarradas e uma faca encostada à garganta. O príncipe regente teria de prometer que a polícia não interferiria nesse percurso e em nenhum outro dentro do brigue. Aliás, não haveria nem o embarque de outros passageiros — os únicos a bordo, além da tripulação, seriam Blood e seus homens.

Em troca, Blood prometia libertar D. Pedro em alguma cidade da costa brasileira, "o mais perto possível do Rio". Dali, o brigue se faria em mar alto, e Blood desembarcaria em Georgetown, na Guiana, ou em Kingston, na Jamaica, se quisesse ficar nas águas dos antigos piratas, ou seguiria direto para a Europa — o que ele decidisse no momento. Se o governo concordasse com esses termos, que fizesse o sino de São Bento bater 13 badaladas ao meio-dia. A vida de D. Pedro dependeria daquele sino.

D. João, chorando — e, ali, não era o rei que se emocionava, mas o pai, que só então descobria o filho —, admitiu que não havia alternativa senão ceder aos termos de Jeremy Blood. Arcos foi obrigado a concordar e, por intermédio do intendente Paulo Fernandes Viana, assim mandou instruir Vidigal. E, com isso, às 12 em ponto daquela tarde, para perplexidade do povo, que de nada sabia, São Bento tocou 13 vezes, informando a Blood que tudo seria feito como ele exigia.

Ainda faltava um dia para o embarque — o *Voador* só sairia na manhã seguinte. Tempo havia para tentar localizar D. Pedro. Mas, ou se acreditava na palavra de Blood e se respeitava o acordo, e Pedro seria resgatado em pouco tempo — ou a polícia tentaria localizar o inglês, pondo em risco a vida do herdeiro, e sem nenhuma certeza de sucesso.

O problema era a palavra do sacripanta. Ao seqüestrar um príncipe e levá-lo para o mar, Jeremy Blood finalmente se equiparava a piratas como Jean LaFitte, Francis Drake, o capitão William Kidd e, principalmente, seu avô Peter Blood, de quem se orgulhava tanto. Blood sabia que, a partir dali, estaria banido para sempre daquela parte do Atlântico Sul, mas, e daí? Piratas não pediam licença para ir e vir. E Blood nunca perdoara D. Pedro pela omelete sobre sua cabeça no entrudo. O que teria a perder se, mesmo que a Corte cumprisse suas exigências, ele atirasse o menino aos peixes, como gostaria?

Pedro, naturalmente, não poderia ter reconhecido nenhum dos capoeiras a soldo de Jeremy Blood, mesmo porque freqüentava rodas bem diferentes. Mas Leonardo, sim, porque circulava pelos mesmos ambientes lúgubres e furtivos que eles. Em suas andanças noturnas, sempre os via pela rua, baforando álcool, achacando transeuntes ou vendendo seus serviços — surras, raptos, emboscadas — para os clientes mais inesperados, como os nobres e os políticos. Nos primeiros tempos da Corte no Rio, eles ainda conservaram uma certa discrição. Mas, ultimamente, estavam voltando a cantar de galo e a se exibir como capadócios pela cidade. Seus rostos não eram segredo para a população.

Daí que, ao ser amarrado no campo dos ciganos, Leonardo olhara para cima e vira com nitidez as feições de Polidoro Feio, um dos marginais mais temidos da cidade. Feio era sobrenome, não alcunha, embora esta também lhe fizesse jus: seu rosto, comido pelas bexigas, era cravejado de altos e baixos esverdeados, e seu nariz, curvado grotescamente para baixo, parecia cheirar a boca. Mas que ninguém o desafiasse sem estar preparado. Feio devia ter mais mortes nas costas do que ele próprio, analfabeto, seria capaz de contar — entre elas, a de duas mulheres que degolara por terem feito pouco de sua masculinidade. E, para Leonardo, pelo menos um dos outros homens que o haviam amarrado também não lhe era de todo estranho.

Leonardo pôs-se a pensar. O rei determinara ao conde dos Arcos e a Vidigal que não tentassem descobrir o paradeiro de D. Pedro. Mas essa ordem não se aplicava a ele. E nem poderia, porque ele não entrara no quarto de D. João. E quem era o rei para dar ordens a um menino das ruas? Assim, sentiu-se livre para fazer suas investigações.

Sua primeira idéia foi ir dar uma espiada na casa de Polidoro Feio, numa travessa de Mata-Porcos. Leonardo sabia onde ele morava porque, certa vez, ouvira-o jactar-se de ter tomado a casa a uma viúva que lhe devia dinheiro. Leonardo não esperava encontrar D. Pedro nesse lugar, mas talvez pudesse descobrir alguma pista. Pegou uma carona com um carroceiro seu amigo que ia para aqueles lados, apeou nas proximidades e seguiu com cautela até perto da casa do arruaceiro. Dificilmente seria reconhecido como o garoto que eles tinham dominado e amarrado na véspera, mas não valia a pena arriscar. Procurou um ponto no outro lado da rua, de onde pudesse ver sem ser visto. Achou-o e sentou-se no chão, atrás de um coche sem cavalo, que alguém abandonara ali. Até para ele, que já correra tantos riscos no passado, aquele momento tinha um odor de perigo e proibição.

De dentro da casa saíram Polidoro Feio e outros dois homens, um deles sem dúvida participante da cena no acampamento cigano. Tinham os braços ocupados: estavam estocando uma carreta com armaria — mosquetes, bacamartes, pistolas e munição —, talvez a ser levada para o brigue, para garanti-los na partida e durante a viagem. Ou, quem sabe, não pretendiam transferi-la primeiro para o cativeiro onde mantinham D. Pedro?

Com mais duas idas e vindas ao interior da casa, Feio e os homens acabaram de lotar a carreta. Cobriram a carga com uma manta de couro e saíram do quadro, deixando um dos homens de vigia. Um som de cascos ao longe, atrás da casa, disse a Leonardo que Feio e o outro capanga tinham partido a cavalo.

Leonardo podia ter tentado segui-los, mas preferiu vigiar a carreta. Duas horas depois, os capoeiras ainda não tinham voltado, nem voltariam. Mas o vigia sentou-se à boléia e deu de leve com a rédea no lombo da mula para pôr o carro em movimento.

O major Vidigal não se conformava com a sua própria sina, descrita anos antes por uma cigana a quem, por desfastio, ele dera a mão a ler. A bruxa lhe dissera que, com todo o poder e glória que o estavam bafejando naquele momento, chegaria um tempo em que os fados o abandonariam e o único amigo que lhe restaria seria sua sombra — e que, mesmo assim, ele não lhe virasse as costas. Vidigal riu quando a mulher lhe vaticinou tanta desgraça. Pois custara, mas acontecera o que ela enxergara em sua palma.

Começou com o repentino ostracismo que o atingiu, provocado pelo fato de nada acontecer na sua área desde que D. João se instalara aqui: um ou outro galinheiro assaltado, pouquíssimos roubos com morte e quase nenhum assassinato digno do nome — há quanto tempo não via um robusto defunto com as tripas para fora? Até uma certa atividade com que ele gostosamente se distraía, a de ir ao mato caçar desertores da tropa, lhe fora vedada, porque o regente, sempre sentimental, vivia publicando decretos indultando os mandriões. Só lhe restava capturar escravos procurados por roubar lingüiças ou por tocar batuque, e mandá-los, como de praxe, para os trezentos açoites na Lampadosa.

O tédio se instalara de forma tão acachapante no cotidiano de Vidigal que, em certa época, sua atividade mais emocionante na Casa da Guarda foi deixar crescer o bigode. Até pensou em fazer disso uma obrigatoriedade para os oficiais e praças — a partir de tal data, só poderiam entrar para o serviço homens usando bigodes. Mas desistiu porque, entre os desgraçados praças, havia uma apreciável quantidade de meninos imberbes, alguns ainda cheirando a cueiros, e que mal ganhavam uma tuta-e-meia para vestir a farda. Que polícia!

Eis então que, com o seqüestro do príncipe D. Pedro, Vidigal tinha uma oportunidade de se provar indispensável a el-rei — de demonstrar-lhe a valentia e eficiência que o haviam tornado célebre e permitiriam que saísse pela cidade espadeirando suspeitos até localizar os criminosos. Em vez disso, o que lhe tinham reservado? Nada. Não fazer nada. Omitir-se, cruzar os braços, aceitar que os malfeitores dispusessem do príncipe como lhes aprouvesse. O máximo que lhe deixaram foi dar um pulo ao cercado dos ciganos no campo de Sant'Ana — para nada. Depois, fora instruído oficialmente pelo intendente Paulo Fernandes Viana a ficar quieto. Vidigal queria morrer.

Aquele era o pior momento da sua vida militar. Tão ruim que, pela primeira vez, ocorreu-lhe aposentar-se, pendurar a jaqueta azul com as cartucheiras de couro, que tanto amava, comprar um sítio em algum cafundó do sertão carioca, como o Leblon ou a Gávea, e passar a criar cabras.

Vidigal não podia sequer ajustar contas com aquele vadio, o jovem Leonardo, que o metera em boas no largo da Carioca, dias antes, na companhia de outro molecote que ele ainda não identificara. Pelo simples fato de o garoto ter sido o portador a palácio da carta que anunciava o seqüestro de D. Pedro, e de ter estado com este na cena do infausto acontecimento, não se podia mais tocá-lo. Vidigal descobrira isso ao ser chamado ao Paço naquela madrugada e encontrar Leonardo na companhia do conde dos Arcos. Sua primeira reação foi a de atirar-se ao gasnete do enjeitado, certo de que, se estava ali, era por alguma bulha que aprontara, e para isso o tinham convocado — para aplicar-lhe uma de suas sovas. Mas, assim que avançara rosnando para Leonardo, o conde se pusera entre eles, advertindo-o:

"Para trás, major. Este menino é sagrado."

Leonardo, sagrado?! Era de amargar!

Pois, horas depois, ao voltar de sua rotineira ronda vespertina pela cidade, quem Vidigal encontrou à sua espera na Casa da Guarda? O dito Leonardo. Fosse o príncipe D. João a esperá-lo, ou o próprio Napoleão Bonaparte, a surpresa de Vidigal não teria sido maior.

Se Leonardo fosse tão esperto quanto pensava, calculou Vidigal, deveria manter distância de seus domínios em vez de, sonsamente, vir desacatá-lo por estar sob a proteção do conde dos Arcos. Mas o gaiato que se cuidasse: mais cedo ou mais tarde, essa proteção cairia e Leonardo pagaria em dobro pelo atrevimento.

"Está esse miúdo a aguardar o major", disse-lhe o ajudante-de-ordens, soldado Volpato, apontando para Leonardo, sentado à porta da sua sala.

"Muito bem, Leonardo, vamos entrar, faz-me essa gentileza!", zombou Vidigal. "Com que então somos agora camaradas? E como vai a malta da Gamboa? Deve ir bem, já que não tenho nenhum aqui preso..."

"Major, venho prestar um favor a Vossa Excelência", respondeu Leonardo com surpreendente humildade. "Se Vossa Excelência preferir que me retire, posso passar as mesmas informações para o senhor conde dos Arcos..."

Vidigal dobrou a língua — não queria rusgas com ninguém do Paço, muito menos com o conde dos Arcos, que, pelo visto, voltara a ter a influência de seus tempos de vice-rei.

"E é confidencial", acrescentou Leonardo.

"Confidencial?", ecoou Vidigal. E, exagerando na autoridade ao dirigir-se aos soldados na ante-sala: "Ouvistes o que o pequeno falou. Não quero enxeridos na minha sala pelos próximos trinta minutos!"

Abriu a porta para Leonardo, esperou que ele entrasse, mandou-o sentar-se e preparou-se para os disparates que o demônio lhe tivesse a dizer.

Mas Leonardo não deixou sequer que Vidigal se acomodasse na cadeira. Ejaculou de um fôlego:

"O príncipe D. Pedro está guardado numa casa no morro da Conceição por sete homens armados. Um deles é o vosso velho conhecido Polidoro Feio."

Disse isso e esperou que suas palavras reboassem na cabeça de Vidigal.

O efeito não demorou. Vidigal tartamudeou sílabas tortas e sem sentido, como se, em idade madura, tivesse regredido à infância e voltado ao gugu-dadá. Algo assim:

"Ma-ma-ma-ma-kkkkkkkkkkkkk-diun-vvvvvvvvvvvvvv-sissis-sansão??????"

O balbucio disparatado de Vidigal ainda ressoou por algum tempo entre as esferas do espaço, mesmo depois de ele ter se calado.

Mas recobrou-se, liberou um pigarro e, quase sem claudicar, retomou o comando:

"Aqui anda tramóia. O amigo pode me dizer de onde tirou essa informação?"

Leonardo não lhe escondeu nada. Contou que reconhecera Polidoro Feio ao ser amarrado por ele no acampamento e que não se sentira proibido de procurar a pista de D. Pedro, por não ter sido ordenado a isto pelo senhor conde, nem pelo senhor major. Ficara de campana junto à casa de Polidoro, vira-o carregar uma carreta com armas e despachar-se com seus homens para algum lugar. Mas ele seguira a carreta e esta dera ao morro da Conceição, onde Polidoro e os demais cabras a esperavam. A carga foi transportada para dentro de uma casa e, ao observar como os capoeiras se colocavam ao redor dela, concluiu que o cativeiro de D. Pedro só podia ser ali. Além disso — observou —, o raptor deveria estar ao alcance do sino de São Bento, e o morro da Conceição ficava bem ao lado.

Leonardo foi tão fluente em sua dissertação que Vidigal não viu motivo para duvidar. Mas, quanto mais ouvia, mais sofria por saber que estava com as mãos atadas pela autoridade maior — para D. João, o que importava era a vida de D. Pedro, não o seu cartel de policial jamais derrotado.

O que Leonardo lhe contara era verdade. Mas o que ainda tinha para dizer era produto apenas de sua imaginação — e ele precisava de que Vidigal continuasse acreditando.

"Major", disse Leonardo, abaixando a voz quase a um cochicho. "Desgraçadamente, há mais. Da posição em que estava, a poucos metros da casa, pude ouvir trechos da conversa do Polidoro com outro homem, que, se não me engano, era o Espanholito, rufião do morro do Pinto. Polidoro estava a dizer que, por sorte, o major não era mais da pele do diabo, como no passado. Que, agora, era possível enfrentá-lo porque o major — como direi? — já não sabia o que fazer nem com as mulheres, o que dirá com os homens..."

Leonardo observou como o major foi se tingindo de escarlate, não se sabe se de ira ou se pelo insulto ao seu amor-próprio. Mas não esperou que o outro falasse. Prosseguiu com o bombardeio:

"Disse que corria pelas ruas que o major pensava em entrar para um convento e dedicar-se a Deus, porque o diabo já não o queria mais como parceiro. Contou que ouvira isso de uma mulher da praia Formosa com quem o major, sem sucesso, tentara estabelecer relação carnal. Que calúnia! E disse também que, depois de fugir com Jeremy Blood levando D. Pedro, bastaria a ele, Polidoro, ficar dois ou três meses fora do Rio e voltar, porque sabia que não teria nenhuma rusga com o major..."

Vidigal ficara apoplético. Seu rubor ganhava agora uma fosforescente coloração púrpura, sapecada. Mais uma palavra de Leonardo, e corria o risco de explodir. E Leonardo não o poupou:

"Acabrunha-me admitir, Vossa Excelência, mas, na conversa com o Espanholito, Polidoro só tratou o major por uma alcunha que, disse ele, está a circular pela cidade..."

"Qual alcunha?", suplicou Vidigal, turbado, com medo, transpirando, querendo e não querendo saber.

"Mocho", fulminou Leonardo.

Ao som dessa palavra, pedaços da alma de Vidigal explodiram para todos os lados:

"Cachorro! Ignóbil! Ordinário! Vil! Súcio!"

Atirou-se chorando ao pescoço de Leonardo, como se não fosse um homem-feito, implorando pelo conforto de um menino, mas o contrário. E continuou vociferando, aos soluços:

"Ele me paga! Bexiguento de uma figa! Morfético! Sifilítico! Se não me vingar, nunca mais mostrarei a cara na rua! Por esta luz que me alumia!"

⚛ 15 ⚛

EM QUE LEONARDO ESPICHA A PERNA PARA
SALVAR O REINO E JEREMY BLOOD É DEFINITIVAMENTE
APRESENTADO AOS INTESTINOS DO RIO

Tentando se manter sério, Leonardo consolou como pôde
o pávido e desvalido Vidigal, fazendo estalidos de tsk, tsk
com a língua e dando-lhe tapinhas nos ombros. Não tinha nenhuma experiência no assunto — jamais alguém
chorara abraçado a ele e, por falta de mãe, ele nunca chorara abraçado a ninguém. Mas não devia ser difícil de
aprender porque, em pouco tempo, Vidigal começou a se
acalmar e até se deixou embalar por Leonardo, que fazia
movimentos ondulantes com ele em seus braços.

Aos poucos, Vidigal recuperou a compostura.
Enxugou as lágrimas com as costas da mão e assoou-
se com o estridor de um troar de artilharia. Respirou
fundo e, num triz, já era de novo o militar arrebatado,
cujas façanhas faziam tão parte da lenda que não se sabia mais o que era fato ou enredo. Ótimo, suspirou Leonardo. Ele também o preferia assim, e não o poltrão que
inventara para provocá-lo e fazê-lo tomar providências.

E Vidigal não o decepcionou. Chegou exatamente à conclusão que Leonardo esperava — que, depois de tudo que ele lhe contara, o compromisso que assumira com seus superiores perdera o sentido. O que estava em jogo agora não era apenas a sua autoridade de macho, fundamente atingida, mas o prestígio da força policial da Corte.

Quer dizer, então, que o Rio era a casa da Joaninha? — pensou Vidigal. E que os vagabundos preparavam-se para voltar a agir como se não houvesse poder legal capaz de esmagá-los? Pois, pelo visto, já tinham começado, com o inominável seqüestro do príncipe D. Pedro. Urgia então que, sem faltar ao respeito para com o rei, Vidigal desbaratasse os planos de Jeremy Blood e seus patifes antes que eles embarcassem no *Voador*.

Quanto a Leonardo, Vidigal não sabia se lhe agradecia por esta oportunidade de reabilitar-se e se o cumprimentava por descobrir o cativeiro de D. Pedro — ou se o odiava ainda mais por ter sido testemunha das injúrias que Polidoro Feio estava assacando contra o seu viço de homem e pelo fato de o guri tê-lo amparado em sua humilhação quando ele chorou no seu ombro. Vidigal decidiu-se pela primeira hipótese, porque ela lhe salvava a face, e agradeceu tão enfaticamente a Leonardo que convenceu até a si mesmo de sua sinceridade. Era obrigado também a admitir que Leonardo demonstrara coragem ao visitá-lo. Mesmo sabendo-se procurado, tinha ido à Casa da Guarda para lhe dizer o que descobrira sobre o paradeiro do herdeiro. Sim, senhor. Quem sabe um dia, o menino, tão esperto e expedito, não se revelaria um valente soldado nas suas milícias? (Na pior das hipóteses, seria um bambalhão a menos nas ruas.)

Quando Vidigal pôs-se, enfim, de crista e espinha em pé, Leonardo passou a descrever-lhe a casa do cativeiro e sua localização no morro da Conceição: um térreo de porta e janela na rua da Saúde, quase de esquina com a ladeira do Escorrega.

Como outras encostas do Rio, o morro da Conceição era tão solicitado que ninguém suspeitaria de que ali, em pleno bochicho, se pudesse manter alguém prisioneiro, e ainda mais um príncipe. Mas este era o segredo. Pedro fora levado para lá de madrugada, sob mordaça, e assim ficara. Ninguém o vira ou ouvira. E, no resto do dia, não havia motivo para suspeitas. Com tantos becos e ruas a cortar o morro, imperava uma tal barafunda de passantes — escravos, feitores, capatazes, armadores, amanuenses, pescadores, embarcadiços, estivadores — que, às vezes, era difícil distinguir quem ali fazia o quê ou por quê. Brigas saíam a todo momento, e não era incomum ver pessoas armadas à porta das casas. Mesmo assim, Jeremy Blood distribuíra seus homens pelas esquinas, de modo a chamar o mínimo de atenção. Blood só não contava com uma coisa: que alguém os tivesse visto a todos, poucas horas antes, e se dispusesse a apontá-los, como Leonardo iria fazer para Vidigal.

Antes de tudo, decidiu o major, precisava ir até lá para um reconhecimento do local. Mas não poderia ir fardado, porque até os jegues das carroças o identificariam. Assim, Vidigal tirou do armário um velho disfarce que não adotava há anos: chapéu de palha, a usar de banda, camisa lusitana, sem gola, de mangas arregaçadas, e calça pelo meio das canelas, deixando os pés descalços, e os tornozelos desimpedidos — a distância, era o perfeito capoeira. E só então se deu conta de há quanto tempo não vestia aquela roupa: a calça, no pas-

226

sado, era presa por uma corda à guisa de cinto; agora, somente sua barriga já era capaz de segurá-la. Leonardo também cobriu a cabeça com um gorro e passou um lenço vermelho ao pescoço — mesmo que tivessem gravado suas feições, ficaria mais difícil reconhecê-lo.

Foram a pé para o morro da Conceição e, entre os vários acessos, escolheram subir pelas discretas escadinhas da Pedra do Sal. Sempre de longe e se confundindo com os circunstantes, percorreram as principais saídas e entradas da rua da Saúde — os becos do Trapiche e da Ordem; as ruas do Valongo e do Cemitério; e as ladeiras de João Homem, do Escorrega e do Quebra-Bunda. Mais com o queixo e com os olhos do que com os dedos, Leonardo ia lhe mostrando um a um os capoeiras, cada qual postado numa esquina, com uma pistola à cintura, ou de cócoras, com um bacamarte escondido dentro de um saco, mas do qual se podia ver a ponta do cano, encostado à parede da casa. Vidigal foi identificando-os todos: Cabo Verde, Domingos Português, Pato Rouco, Mondego, Ponce de León — a fina flor da caterva carioca — e os já citados Espanholito e Polidoro Feio, este montando guarda à casa de esquina com o Escorrega. O próprio Jeremy Blood é que não se via — só podia estar dentro da casa, vigiando Pedro.

Um dos motivos que tornavam os capoeiras um flagelo até para a polícia era que só andavam em bando e, quase sempre, em muitos. Em seu território natural, a rua, era quase impossível derrotá-los: de costas uns para os outros e comunicando-se por assobios, protegiam-se e atacavam ao mesmo tempo, insultando os adversários, jogando-lhes terra aos olhos, cuspindo-lhes e fazendo tudo para diminuí-los. Depois de desmoralizar o inimigo, entravam com o jogo de pernas e braços, de que eram mestres. E, quando preciso, sabiam também ser mortíferos nas armas brancas — faca, estilete, navalha, porrete, pedras.

Ao contratá-los como guarda-costas, Jeremy Blood escolhera os homens certos para a tarefa. Mas, julgando-se um grande sabichão, planejou o cativeiro sem ouvir a opinião de ninguém e cometeu um grave erro: separou os capoeiras. Pior ainda, deixou-os fora das vistas uns dos outros. Essa estratégia podia servir para certas ações de pirataria, como a abordagem noturna de navios na Martinica ou a tomada de um castelo em Tortuga, mas não para guardar uma casa num morro do Rio. Pois Blood não apenas os isolou, como os equipou com os trabucos, armas com que os finórios não tinham familiaridade.

Vidigal disse a Leonardo que não fizesse nada, mas que ficasse de olho no cativeiro enquanto ele ia buscar reforços à Casa da Guarda. Por sorte, o major não era o único a se ressentir da falta de ação na cidade nos últimos tempos — pelo menos meia dúzia de seus suboficiais, bem treinados por ele, estavam secos por uma contenda que lhes garantisse umas moedas a mais no soldo ou promoções a tenente ou capitão. Foram estes que Vidigal convocou, instruindo-os a tirar as botas e trocar a farda por roupas civis bem gastas, de modo a não dar na vista. E não era preciso que levassem armas de fogo — as bordunas bastariam. O único a carregar uma espingarda seria ele e, mesmo assim, por via das dúvidas. Meia hora depois, partiram a cavalo, a trote manso, para o morro da Conceição.

Os cavalos foram deixados no largo da Prainha, a cargo do moleque Pistolinha, e eles subiram a encosta a pé. Vidigal, à frente da tropa, guiou-os pela Pedra do Sal e, ao chegar ao Escorrega, foi direto a Leonardo para saber se havia novidades. Tudo na mesma, disse

Leonardo, exceto que Jeremy Blood saíra à porta da casa, trocara frases curtas com Polidoro Feio e voltara para dentro, satisfeito, com cara de quem estava sendo assoprado por bons ventos.

Também satisfeito, Vidigal ordenou que Leonardo se pusesse nas encolhas ou, se preferisse, que ficasse por perto, mas não muito perto, e sem se meter. Passara a hora dos meninos, ele pontificou — agora era a vez dos homens, dos audazes, dos maiorais. Leonardo, amuado, afastou-se.

Vidigal distribuiu seus homens pelas esquinas, cada qual a uma distância segura de seu alvo. Eram sete contra sete, sem contar Jeremy Blood. Parecia pouco para uma peleja daquele porte, mas era importante não despertar sobressaltos, para evitar que um capoeira desse o alerta por seu código de assobios. E, como o próprio Vidigal participaria de todas as ações, seria quase como que dois contra um de cada vez. Além disso, e mais o fator surpresa, os becos e as passagens que se imbricavam e emaranhavam naquela parte da rua da Saúde conspiravam a seu favor.

Os capoeiras tinham ouvido apurado e eram rápidos no rabo de olho. Mas não possuíam olhos nas costas para perceber quando alguém descalço, saindo de um beco, se aproximava por trás deles e, aproveitando que ninguém estivesse olhando, lhes aplicasse uma rija bordoada na nuca. O golpe era sempre desferido, e com que gosto, por Vidigal. O bandido desabava em silêncio ou com um gemido abafado, e era logo manietado pelo soldado que acompanhava o major. À medida que iam caindo, os capoeiras eram levados, como se estivessem bêbados, para uma casa que Vidigal confiscara pouco antes, no beco da Ordem — o proprietário não queria ficar mal com os capoeiras, mas não se podia opor à ordem do major, o qual, para se precaver contra alguma falseta, prendeu-o também. Vidigal deixou dois de seus homens guardando os valentões desmaiados e, sempre a tiracolo com um granadeiro, continuou a pegá-los à traição.

Toda essa movimentação foi feita com presteza e em relativo silêncio. Embora alguns circunstantes percebessem que coisas estranhas estavam se passando na rua, não houve tempo para que os capoeiras se dessem conta de que seu número estava diminuindo à razão de um a cada cinco ou dez minutos. Em menos de uma hora, sem que se disparasse um tiro, seis deles estavam fora de combate — todos já de volta a si, mas amarrados, com a boca entupida de panos e empilhados uns sobre os outros, no chão da casa confiscada.

De propósito, Vidigal deixou Polidoro Feio para o fim — e o próprio Jeremy Blood por último. Sua idéia era imobilizar Polidoro antes de estourar a casa. Mas, pensando melhor, temeu que o ataque ao capoeira no lado de fora provocasse uma balbúrdia que despertasse suspeitas em Jeremy Blood, e este ferisse ou matasse D. Pedro. Os dois tinham de ser tomados de surpresa e atacados ao mesmo tempo. O que ele depois faria contra Polidoro Feio — devolvendo cada humilhação que este o fizera passar com suas infâmias — ainda estava em elucubração.

Vidigal propôs que, de posição em posição, três de seus validos se aproximassem dos fundos da casa. O tenente Andorinha tentaria atrair Polidoro a deixar seu posto de sentinela e ir até lá. Se o capoeira mordesse a isca, que Andorinha lhe caísse pesadamente em cima, ajudado pelos sargentos Delgado e Abricó, e o silenciassem de primeira. Ao mesmo tempo, ele, Vidigal, meteria o pé na porta da casa, tomando Jeremy

Blood de surpresa, e o imobilizaria antes que o inglês pudesse voltar-se contra o príncipe. Caso Polidoro não se deixasse atrair para os fundos, a alternativa consistiria em os soldados se jogarem juntos contra o capoeira na frente da casa, enquanto Vidigal arrombaria a porta do mesmo jeito.

Os três chegaram ao local e se postaram conforme planejado. Andorinha, que dominava a linguagem dos assobios, emitiu um trinado neutro, de chamamento. Polidoro o ouviu, mas ficou imóvel, na escuta. O tenente repetiu o chamado. O capoeira assobiou a contra-senha e Andorinha trinou a resposta. Polidoro achou melhor ir ver o que era. De arma cruzada ao peito, avançou devagar para os fundos da casa, os olhos ágeis e inquietos, cobrindo tudo que havia para ver. Mas o jogo de olhos de nada lhe adiantou. Ao chegar à esquina que dava para o quintal, levou no braço um golpe da borduna de Abricó, que jogou sua arma ao chão. Delgado, de cócoras, atirou-se às suas pernas e, de passagem, deu-lhe uma cabeçada no baixo-ventre. E Andorinha aplicou-lhe uma gravata que lhe cortou o suprimento de ar, o fez bufar e resfolegar e, a custo, desmaiar. Era o fim da linha para Polidoro Feio.

Do outro lado da rua, Vidigal não esperou para ver o que estava acontecendo na parte de trás da casa. De espingarda em punho, correu em direção à porta e jogou-se todo sobre ela, abrindo-a com tal estrondo que a fechadura, a taramela e uma das dobradiças se partiram.

Jeremy Blood estava bem à vista, no lado oposto da sala, mas, além de um compreensível frêmito ao ver a porta se abrir, não pareceu assustado. Era como se já estivesse esperando por aquilo. Pelo menos assim o sugeria a sua própria arma, apontada contra a cabeça de D. Pedro, este sentado a uma cadeira, amordaçado e com os braços amarrados às costas.

"Ouvi quando vossos homens se concentraram nos fundos da casa para emboscar Polidoro, senhor major", disse Blood. "Imaginei que alguém logo entraria sem bater. Não preciso pedir que deiteis fora vossa arma — a minha está engatilhada e pronta para disparar."

Vidigal soltou a arma, mas não perdeu a pose:

"Espero que D. Pedro esteja bem de saúde, Sr. Blood", ele disse. "Vosso pescoço dependerá das condições em que ele nos for devolvido. Se estiver bem, há uma possibilidade de que sejais enforcado apenas uma vez. Claro que a forca não o livrará de passar algumas horas em minhas mãos..."

Vidigal estava usando uma tática dos capoeiras: a de minar o ânimo do adversário, de derrotá-lo primeiro pelas palavras. Mas Blood não dava sinais de que se deixaria atemorizar. E, até então, não sabia que ficara sozinho, que seus homens já tinham sido capturados.

Usando D. Pedro como escudo, Blood deu dois passos porta afora e assobiou para seus sequazes. Ninguém lhe respondeu. Em compensação, os tenentes saíram de trás da casa, puxando o inconsciente Polidoro pelo colarinho. Era uma visão deprimente: o selvagem capoeira arrastado pelo chão, como um cão morto ou um saco de farinha.

Blood entendeu tudo. Seu único trunfo agora era D. Pedro.

"Isso não altera meu plano original, senhor major", declarou. "Com D. Pedro sob minha mira, um de vós irá conduzir-me num coche até o *Voador*, onde me instalarei e ficarei à espera dos capoeiras. Calculo que haja coches de sobra no largo da Prainha. Um de vós vinde comigo e os outros, ficai onde estão."

232

Com as mãos atadas e sem poder falar, D. Pedro fazia sinais com o rosto para que Vidigal não aceitasse aquelas condições. Mas não havia o que discutir. Vidigal pôde apenas determinar:

"Vai com eles, Andorinha."

A pequena procissão preparou-se para partir: Andorinha à frente, D. Pedro no meio e, atrás, de pistola em punho, Jeremy Blood.

Em fila, os três venceram os primeiros metros da rua da Saúde e chegaram ao declive da ladeira do Escorrega. O tumulto chamara a atenção de alguns moradores, que chegaram às janelas para espiar; outros se sentaram ao chão, junto às casas, formando um corredor. Ninguém piava, ninguém respirava.

Não era à toa que a ladeira tinha aquele nome. Fosse apenas pelo chão de terra, como que ensaboada, já exigiria um certo esforço para se descer sem deslizar. Mas era também íngreme e, em alguns pontos, irregular — todo cuidado era pouco. Andorinha, descalço, era quem mais temia escorregar; D. Pedro e Jeremy Blood, de botas, sentiam-se mais seguros, mas não muito. E o fato de estarem calçados não os protegeu de uma perna que, de repente, se espichou entre as dos meninos sentados junto às casas e meteu-se em meio aos pés de Jeremy Blood. Era a perna de Leonardo.

Uma hora atrás, ao ser mandado passear por Vidigal, Leonardo se aborrecera ao constatar que, se D. Pedro se safasse daquele aperto, as glórias iriam para o major. Não que Leonardo as quisesse para si, mas não achava justo que logo o seu algoz se beneficiasse das informações que ele lhe levara em confiança. Mesmo assim, conformado, deixou-se ficar ali e sentara-se no chão alguns metros adiante, na ladeira do Escorrega, para observar a ação. Quando viu Vidigal aparecer armado e arrombar a casa da esquina, sentiu que a operação seria bem-sucedida. Mas, trinta segundos depois, surpreendeu-se ao ver Jeremy Blood sair pela porta com Pedro e o major à frente, sob sua mira.

Àquela altura, outros populares, meninos e adultos, já tinham se dado conta da movimentação e se postado ao seu lado para acompanhá-la. Leonardo não era o único sentado no chão, a menos de um metro do grupo que descia a ladeira. Mas foi dele a perna que se projetou e se atravessou no caminho de Jeremy Blood.

Ao tomar o calço, Blood vacilou e caiu por cima de Pedro, que, como nas pedras do dominó, caiu sobre Andorinha. A pistola do inglês voou e, engatilhada, disparou sozinha — por milagre, voltada para cima, sem atingir ninguém. Os três rolaram pela ladeira e o susto deixou os populares paralisados por alguns segundos. Leonardo, o único que esperava por aquela confusão, correu e jogou-se sobre Pedro, para protegê-lo com seu corpo. Andorinha continuou carambolando ladeira abaixo e Jeremy Blood foi o primeiro a ficar de pé. Sem a arma, que lhe caíra da mão e não estava à vista, só restava ao inglês descer correndo, esperando chegar ao largo da Prainha e roubar um cavalo para fugir.

Tudo isso se passou num átimo. No alto da ladeira, Vidigal e os outros, vendo o que acontecera, atiraram-se à perseguição. Mas só conseguiram também escorregar e cair com espalhafato sobre as pessoas, piorando ainda mais a trapalhada. Jeremy Blood, calçado e de tacões, chegou à praça e montou o primeiro cavalo que encontrou.

Aos trambolhões, Vidigal e dois soldados também conseguiram descer e tomar seus cavalos. Eram melhores cavaleiros do que Jeremy Blood, mas a dianteira do inglês era grande. Mesmo assim, viram quando ele dobrou à direita na igreja de São Pedro dos Clérigos e sumiu de vista, como se cavalgasse em direção ao campo de Sant'Ana. Os três dispararam no seu encalço e, quando também deixaram para trás o campo de Sant'Ana, depararam com a grande reta do Aterrado.

Ali, em poucos anos, seria o que se chamaria de Cidade Nova. Mas, até então, era apenas o aterro com que o conde de Resende, quando vice-rei, começara a solapar o gigantesco mangue, e que estava sendo ampliado por Paulo Fernandes Viana para tornar possíveis as viagens da Família Real entre o Paço e a Quinta da Boa Vista. Em seu tempo, o vice-rei criara uma pista iluminada com pavios de cera pendurados em postes e alimentados a óleo de baleia, razão pela qual, para o povo, ela era o Caminho das Lanternas. Naquele momento, no entanto, a pista do Aterrado era a rota de fuga de Jeremy Blood, cuja silhueta Vidigal e os soldados podiam ver ao longe, a toda, em seu cavalo.

Com ou sem o aterro, o mangue continuava a ser o despejo geral da cidade — o lugar onde tudo se vazava, do lixo e das fezes que os escravos despejavam dos tambores, até os cadáveres de animais e de humanos que ali se abandonavam a qualquer hora. Apesar de infestados de caranguejos, os intestinos do pântano mal davam vazão àqueles dejetos, que, muitas vezes, ficavam indigestos, à flor do lodaçal. Milhares de urubus o sobrevoavam. O cheiro era de desmaiar.

O mangue parecia insaciável. Com toda a terra que já lhe fora atirada, roubada durante anos ao morro do Senado, formara-se finalmente a pista. Mas os que bem a conheciam sabiam que não se podia confiar nela. Dependendo de chuva recente ou da força das marés, o terreno se movia, o despejo solapava, o pântano voltava a alagar e o mangue engolia a terra.

Com o dia no lusco-fusco, e antes que se acendessem as lanternas, Jeremy Blood não viu que o aluvião comera boa parte do aterro. À velocidade com que galopava — e mesmo que pudesse ver o perigo à sua frente —, mal teria tempo de dar a volta ao cabresto para fazer o animal mudar de direção.

Blood não viu o perigo, mas seu cavalo, sim. Intuindo a proximidade de terreno perigoso, a besta parou bruscamente, a centímetros do atoleiro. Blood, mal sentado, foi cuspido da sela direto para dentro do pântano. Ao ser projetado, sua cabeça deve ter se chocado com a cabeça do cavalo ou acertado de raspão um poste de iluminação — porque já caiu atordoado ou inconsciente dentro da cheia. Com seu peso, foi tragado em questão de segundos.

As imundícies do Brasil, que tanto o repugnavam, entraram por seu nariz, boca e ouvidos, e o arrastaram para o fundo, onde ele ficou para sempre, sonhando com o capitão Blood. Os caranguejos o devoraram.

Epílogo

O padre tirou em silêncio o cinto que lhe amarrava a batina, aproximou-se pé ante pé e vibrou uma lancinante lambada nos fundilhos dos dois meninos junto à porta do quarto de D. Pedro Carlos e Maria Teresa. Os safados estavam espiando pelo buraco da fechadura. Um deles, em quem a chicotada pegara de cheio, gemeu de dor e de susto, e voltou-se de repente para a luz do archote, revelando-se.

"Príncipe D. Pedro!", exclamou o religioso.

Mas a surpresa foi mútua.

"Padre Perereca!", retrucou o garoto.

Depois de uma fagulha de constrangimento, Pedro e Leonardo fizeram a única coisa possível: rasparam-se dali, sem mais ais e sem dar tempo ao padre de atirar-se de joelhos à destra do príncipe e sová-la de beijos, pedindo perdão pela insolência. Quando Perereca despertou do choque, os dois, entre frustrados e orgulhosos, já se tinham arremessado pelas escadas do Paço, em direção à rua, e se misturado à multidão.

Horas antes, naquela manhã, Pedro convidara Leonardo para assistir ao casamento de sua irmã Maria Teresa com o primo D. Pedro Carlos. A cerimônia começaria às quatro da tarde, com a Família Real saindo do Paço a pé, em direção à Sé, num cortejo de insuperável pompa, compreendendo os grandes do reino, o corpo diplomático, os membros das diversas armas e todos os demais ilustres ou assim considerados. Leonardo não participou do cortejo, mas Pedro garantiu-lhe um lugar num canto da capela — de onde o ouro e a prata do teto e das paredes, realçados pela magnificente iluminação, eram de toldar a vista. Em outras circunstâncias, aquele espetáculo deixaria sem fala um menino como ele. Mas, depois de percorrer tantos salões e alcovas reais nos últimos tempos, Leonardo já não se alterava ante a simples ostentação do luxo.

Assim que terminaram as bênçãos, começou a grande festa popular nas imediações do Paço, e muito maior que a do noivado. Uma festa que prometia durar dias, com coros e bandas de música, desfiles de carros, fogos de artifício, danças africanas, concursos de máscaras, palhaços, saltimbancos. No centro do campo de Sant'Ana, erguera-se uma enorme praça de curro, para as cavalhadas e as corridas de touros à capa e à espada, com mais de trezentos camarotes destinados à Corte e trincheiras para 6 mil pessoas. Toda a cidade saudava e vivava o casamento dos príncipes. Mais tarde, serviu-se o opíparo banquete em palácio, com a presença dos noivos.

Pedro e Leonardo não estavam exatamente à míngua de aventuras, mas não iriam se conter se a possibilidade de uma delas se apresentasse. Durante o banquete, os dois observaram quando D. Pedro Carlos e Maria Teresa deixaram discretamente a mesa e, esgueirando-se entre os criados que carregavam travessas de leitões com uma maçã na boca, safaram-se em direção a seus aposentos.

Pedro já esperava que isso acontecesse. Nas últimas semanas, ele acompanhara a angústia do primo, instado por seu padre confessor — o rigoroso Perereca — a conter seus ardores quanto a Maria Teresa até a noite do casamento. E, para gáudio do santo homem, D. Pedro Carlos conseguira. O infante apenas esqueceu-se de contar ao padre que isso só fora possível graças aos préstimos de uma embaixatriz, duas condessas e outras senhoras de saltos altos e decotes baixos com quem ele mantinha regulares fornicares.

Finalmente chegara a hora. Os noivos se trancaram no quarto e, depois de 15 minutos de arfantes prolegômenos, já partiam para o concúbito, sem imaginar que Pedro e Leonardo, cada qual com o são-longuinho na mão, revezavam-se no buraco da fechadura. Os meninos arfavam e reviravam os olhinhos de prazer e, apesar da frenética manipulação, nenhum dos dois estava disposto a ser o primeiro a disparar.

Pedro e Leonardo só não contavam com que, a segundos do clímax, padre Perereca tivesse a idéia de fazer uma prece silenciosa à porta dos noivos e flagrasse os dois dissolutos, cada qual com a prova do crime na mão. Pois o clímax veio assim mesmo, só que em meio à atrapalhada fuga de ambos pelos corredores.

Três meses tinham se passado desde o seqüestro de D. Pedro por Jeremy Blood e de seu resgate por Vidigal com a decisiva participação de Leonardo. O final feliz da história fizera com que a desobediência de Vidigal fosse desconsiderada pelo generoso D. João, e até conferisse ao major uma aura de salvador do reino. Talvez por isso, ao reconhecer em D. Pedro seu agressor com a água de pimenta, o militar preferisse ficar quieto e esquecer o assunto.

Em compensação, no mesmo dia, Vidigal vingara-se de Polidoro Feio. Obrigara o bandido a despir-se, reduzindo-se às ceroulas encardidas, e o fizera ir a pé da Prainha à Casa da Guarda, seguido pelos meninos do Escorrega que o apupavam e lhe diziam as últimas. Todos os capoeiras seriam enforcados, exceto Polidoro, porque um influente nobre, que ficou anônimo, pediu por ele. O sol lhe nasceu quadrado durante algum tempo e Polidoro acabaria sendo solto, mas seu passeio em trajes menores — agravado pelo fato de se descobrir que usava ceroula cor-de-rosa — faria com que nunca mais arranjasse emprego de valente.

Calvoso e Fontainha foram mandados para o exílio em São Paulo, onde, depois de anos de pindaíba, iriam enriquecer com uma atividade comicamente honesta: plantando carambolas. E de onde tiraram o dinheiro para começar o negócio? De um pequeno crucifixo ornado de diamantes que Fontainha encontraria por acaso, costurado dentro da bainha de uma mantilha de Bárbara dos Prazeres, que, na última hora, ele decidiu salvar do fogo em que Linhares lhe ordenara atirar as coisas da mulher. E por que Fontainha conservara a mantilha? Para guardar uma pequena recordação de Bárbara. Anos depois, ao manusear o pano, em São Paulo, sentiria algo sólido entre as costuras. Abriu-as e encontrou o crucifixo — era como se Bárbara estivesse lhe agradecendo por todo o tempo em que ele lhe dera de comer na boca, no sobrado do beco do Telles.

Na mesma época, alguém lhes daria carambola para provar, como uma novidade vinda da Índia.

Gostaram e se perguntaram se conseguiriam cultivá-la aqui. A venda da jóia para um receptador lhes rendeu o capital para mandar vir as mudas. Compraram um pequeno terreno no Tatuapé, começaram a plantá-las e, em poucos meses, fizeram a primeira colheita. A partir daí, tornaram-se donos de grandes extensões de terra em Itaquaquecetuba, porque suas caramboleiras só faziam expandir-se. Os paulistas se apaixonaram pela carambola, entregaram-se a ela e nem a ocasional morte de alguns deles por indigestão diminuiria seu ardor pela fruta.

Quem também iria morrer, incrivelmente — sem nunca se tornar regente da Espanha ou exercer qualquer cargo importante —, seria D. Pedro Carlos, aos 26 anos, em 1812. A *causa mortis* é que não poderia ser mais nobre: "excesso de atividade conjugal", segundo o respeitado Luiz dos Santos Marrocos, bibliotecário da Coroa e íntimo da Família Real. Dona Maria Teresa, viúva com apenas dois anos de casada, levaria décadas para se casar de novo e, quando isso acontecesse, seria com um cunhado, viúvo de uma de suas irmãs. E outro a morrer no mesmo ano que D. Pedro Carlos, só que de causas naturais e aos 67 anos, seria o conde de Linhares. Já o conde dos Arcos sobreviveria para se tornar o principal ministro do futuro imperador do Brasil — seu pupilo Pedro.

Sir Sidney Smith, como previsto, foi chamado de volta a Londres pelo ministro Canning. Lá o esperavam uma reforma compulsória e o exílio dentro de um inglório camisolão — o que foi apenas bem-feito. Quanto a D. João, o fim das guerras napoleônicas na Europa em 1815 devolveria o sossego a Portugal, mas nem isso abalaria sua convicção de que o futuro da Coroa estava no Brasil, a que ele devotava um crescente amor. Já a prin-

cesa dona Carlota, derrotada em todas as suas conspira-
ções, cancelaria por muito tempo seus projetos políticos
referentes à Espanha, a Portugal e ao Brasil, e dedicar-se-
ia a acumular bile e forças, à espera de que seu filho D.
Miguel chegasse à idade de lutar por ela. E Miguel faria
o que ela esperava: 18 anos depois, em 1828, usurparia
de sua sobrinha, Maria II, filha de D. Pedro, o trono de
Portugal. Mas seria combatido e derrotado pelo próprio
D. Pedro, numa guerra que levaria anos e revelar-se-ia
muito mais difícil e mortal do que as batalhas que tra-
vavam no Paço com seus canhõezinhos.

Já era noite quando Pedro e Leonardo se viram
na praça, em pleno fuzuê, depois de escapar de padre
Perereca. Por causa da fuga às pressas do Paço, Pedro
não tivera tempo de se trocar e continuava com o traje
de gala militar, de chapéu, espadim e aparatos, que usara nas cerimônias. Mas, na rua, à luz dos lampiões e em
meio aos acrobatas e engolidores de espada, parecia apenas mais um entre tantos fantasiados. Ninguém via nele
o futuro imperador, o libertador do Brasil, o monarca
despótico e querido. E nem mesmo o monstro sedutor,
sóbrio e luxurioso, que faria a infelicidade de sua imperatriz e distribuiria gozo e deleite entre marquesas e ple-
béias. É verdade que, ao passar por Pedro na multidão,
algumas raparigas lhe deitavam os olhos e lhe ofereciam
sorrisos por trás dos leques — mas apenas por sua beleza
e graça adolescentes, não por saber quem ele era.

Leonardo, naturalmente, não se lhe poderia com-
parar em garbo, embora, um dia, armado de barbaças,
não fizesse feio numa farda de sargento nas milícias do
Vidigal. Aliás, isso encantaria de vez Luizinha, a menina que ele sempre amara e com quem se casaria, encer-

rando sua vida de proezas ao resumi-la em um célebre livro de memórias.

Tão encerrado estaria este ciclo para Leonardo que, dali a alguns anos, D. Pedro teria de descobrir outro comparsa para suas trampolinagens. E o príncipe o encontraria na figura de Francisco Gomes da Silva, sete anos mais velho e homem de considerável tarimba: filho bastardo de um visconde com uma criada, ex-faxineiro da Quinta da Boa Vista, ex-barbeiro da rua do Piolho, ex-amante da notória Maricota Corneta na rua das Violas, ex-taberneiro do beco do Telles e tão devasso, libertino e licencioso que só poderia ser conhecido como... Chalaça.

Mas tudo isso ainda estava no futuro. Naquele momento, Pedro e Leonardo eram apenas dois meninos numa noite de alegria, passeando pela rua Direita e chutando as pedrinhas da calçada, tão iguais no seu brio e destemor e, ao mesmo tempo, tão diferentes no que a vida lhes reservou.

Talvez por isso a idéia tenha ocorrido a um deles: "Escuta, Leonardo", disse Pedro. "Que tal se trocássemos nossos trajes para o resto da noite? Seria uma pândega que fosses eu por algumas horas, e eu, tu. O que pensas?"

Leonardo nem precisou pensar — aquele era o tipo de trote com que, sem saber, ele sempre sonhara. Trocaram-se num beco das proximidades, voltaram à rua e se perderam na loucura geral. Cantaram com os foliões, dançaram com os mascarados, roubaram beijos às raparigas e, pelas horas seguintes, um foi o outro, pelo menos em roupas e em pensamento.

Ninguém tomou Leonardo por príncipe. Mas Pedro estava a caráter, como estaria pela vida afora, em seu papel de azougue, xucro e irresistível, grosso e fino, puro e depravado, que nem o Brasil.

O Rio de *Era no tempo do rei* – ontem e hoje

Arcos da Carioca – Arcos da Lapa
Aterrado – Cidade Nova
Rua dos Barbonos – Rua Evaristo da Veiga
Beco do Telles – Travessa do Comércio
Rua das Belas Noites – Rua das Marrecas
Praias do Boqueirão e da Lapa – Avenida Beira-Mar
Rua da Cadeia – Rua da Assembléia
Caminho Novo de Botafogo – Rua Marquês de Abrantes
Campo de Sant'Ana – Praça da República
Rua do Cano – Rua Sete de Setembro
Convento do Carmo – Anexo da Faculdade Cândido Mendes
Rua Direita – Rua Primeiro de Março
Rua Estreita de S. Joaquim – Rua Visconde de Inhaúma
Rua do Fogo – Rua dos Andradas
Rua do Hospício – Rua Buenos Aires
Lagoa do Freitas – Lagoa Rodrigo de Freitas
Rua da Lampadosa – Rua Luís de Camões
Largo da Prainha – Praça Mauá
Largo do Paço – Praça XV
Rua dos Latoeiros – Rua Gonçalves Dias
Rua das Mangueiras – Rua Visconde de Maranguape
Rua de Mata-cavalos – Rua do Riachuelo
Rua de Mata-porcos – Rua Estácio de Sá
Morro do Desterro – Santa Teresa
Rua dos Ourives – Ruas Rodrigo Silva e Miguel Couto
Palácio da Quinta da Boa Vista – Museu Nacional
Rua do Piolho – Rua da Carioca
Praia da Piaçava – Fonte da Saudade
Praia do Peixe – Rua do Mercado
Rua do Sabão – Não existe mais
Saco do Alferes – Santo Cristo
Rua da Vala – Rua Uruguaiana
Rua das Violas – Rua Teófilo Otoni
Ilha de Villegagnon – Escola Naval
Ponta do Calabouço – Aeroporto Santos-Dumont
Toda a orla da praia Formosa ao Cais dos Mineiros – Aterrada para a
  construção do porto. A ilha dos Ratos tornou-se a ilha Fiscal.

Outros cenários deste romance – rua da Quitanda,
Passeio Público, morro da Conceição etc. – conservaram seus nomes
originais até nossos dias.

1ª EDIÇÃO [2007] 3 reimpressões

ESTA OBRA FOI COMPOSTA PELA ABREU'S SYSTEM EM ADOBE GARAMOND
E IMPRESSA EM OFSETE PELA LIS GRÁFICA SOBRE PAPEL PÓLEN SOFT DA SUZANO
PAPEL E CELULOSE PARA A EDITORA SCHWARCZ EM NOVEMBRO DE 2016

A marca FSC® é a garantia de que a madeira utilizada na fabricação do papel deste livro provém de florestas que foram gerenciadas de maneira ambientalmente correta, socialmente justa e economicamente viável, além de outras fontes de origem controlada.